Chère lectrice,

La nouvelle année, n'est-ce pas le moment idéal pour faire des projets, prendre de bonnes résolutions ? C'est aussi le moment de découvrir, dans votre collection Azur, de nouveaux et merveilleux romans. Et c'est donc avec un immense plaisir que je vous présente deux trilogies inédites dans lesquelles vous pourrez vous plonger dès le 1er janvier.

Avec *Un odieux ultimatum* (Jennifer Hayward, Azur n° 3552), vous ferez la connaissance de Rafael, l'aîné de la fratrie De Campo : un homme très sexy – et impitoyable. Lui et ses deux frères sont de redoutables hommes d'affaires qui ont voué leur vie au vignoble familial. Mais seront-ils de taille face à la passion ? C'est ce que je vous propose de découvrir dans la trilogie « Trois héritiers à aimer ».

Et pour celles qui, en ces longs mois d'hiver, ne rêvent que de sable chaud et de déserts brûlants, ne ratez pas le premier tome de la nouvelle trilogie de Sharon Kendrick : « Les secrets du désert ». Ce mois-ci, c'est Sarah et Suleiman qui ouvrent le bal dans *La fiancée des sables* (Azur n° 3553). Je suis sûre que ce couple prêt à braver tous les interdits par amour vous touchera autant qu'il m'a émue.

Je vous souhaite un excellent mois de lecture et une très bonne année !

La responsable de collection

Troublants rendez-vous

ALLY BLAKE

Troublants rendez-vous

collection Azur

HARLEQUIN

Collection : Azur

Cet ouvrage a été publié en langue anglaise
sous le titre :
THE DANCE OFF

Traduction française de
LOUISE LAMBERSON

HARLEQUIN®
est une marque déposée par le Groupe Harlequin

Azur® est une marque déposée par Harlequin

© 2014, Ally Blake.
© 2015, Traduction française : Harlequin

HARLEQUIN
83-85, boulevard Vincent-Auriol, 75646 PARIS CEDEX 13.
Service Lectrices — Tél. : 01 45 82 47 47

www.harlequin.fr

ISBN 978-2-2803-2688-9 — ISSN 0993-4448

1.

Ryder Fitzgerald fit claquer la portière de sa voiture et recula sur les graviers pour mieux voir la longue bâtisse.

Le rez-de-chaussée était condamné, constata-t-il en regardant la peinture écaillée des portes, les vitrines brisées des boutiques abandonnées, fermées par des planches. Au premier étage, les fenêtres murées formaient des taches claires sur les murs de brique rouge.

Seul signe de vie dans l'impasse déserte : la lumière dorée éclairant les fenêtres cintrées du second étage.

Ryder se retourna vers sa voiture dont les courbes racées luisaient dans la nuit humide. L'unique réverbère ne fonctionnait pas et des bris de verre en jonchaient le pied.

Tout en maudissant sa sœur, il vérifia d'un clic que l'alarme était bien activée, puis sortit le petit morceau de papier rose sur lequel Sam avait griffonné un nom et une adresse. Il ne s'était pas trompé, hélas. Ce bâtiment délabré, situé dans l'un des coins les plus reculés de Richmond, abritait bien la Amelia Brandt Dance Academy.

Le studio de danse où Sam, sa sœur, avait réservé des cours pour tous les invités de son mariage. Et comme dans deux mois, Ryder serait l'heureux élu chargé de la conduire à l'autel, il faisait partie des élèves.

Bon sang, Sam allait se marier ! Chaque fois qu'il y pensait, il sentait sa gorge se nouer. Quand il avait rappelé à sa sœur les désastreux mariages successifs de leur père, elle lui avait fourré l'adresse dans la main en s'exclamant :

— La prof est fantastique, tu vas l'adorer ! Et elle fera de toi un vrai Patrick Swayze !

Ryder, qui n'avait jamais entendu parler de Patrick Swayze, avait répliqué :

— Désolé de te décevoir, Sam, mais je ne peux pas me libérer tous les mardis soir à 19 heures.

Le lendemain, sa sœur lui apprenait que la prof en question avait accepté de lui donner des cours privés, à l'heure qui lui conviendrait le mieux. Evidemment, la compensation financière proposée par Sam avait dû contribuer à la convaincre…

Ryder froissa le petit papier rose entre ses doigts et le fourra dans une poubelle remplie à ras bord. Puis, tirant sur ses manchettes de chemise, il s'avança vers la porte principale dont la peinture rouge partait en lambeaux.

— Un seul cours, se promit-il en franchissant le seuil.

Sur la cage grillagée d'un vieil ascenseur, une pancarte « Hors d'usage » pendait de travers. Ryder suivit des yeux les câbles qui se perdaient dans l'ombre, la poussière et les toiles d'araignée ondulant doucement dans un courant d'air.

De plus en plus méfiant, il emprunta l'escalier étroit et branlant qui montait en colimaçon, éclairé par des ampoules vertes si poussiéreuses qu'on y voyait à peine.

Il faisait une chaleur moite, ce soir-là, inhabituelle pour Melbourne, et il aurait volontiers tombé la veste. D'autant que sa journée avait été longue.

Au fur et à mesure que Ryder gravissait les marches, la touffeur semblait s'épaissir encore… Et quand il atteignit le second, où l'air le plus chaud s'était accumulé, il vit un rai de lumière filtrer au bas de la grande porte noire. Punaisée dessus, une petite pancarte, semblable à celle accrochée sur un mur du rez-de-chaussée, indiquait : Amelia Brandt Dance Academy.

Ryder posa la main sur la poignée de cuivre qui tourna sans résister. Aussitôt, une bouffée d'air chaud lui souffla au visage. Réprimant un juron, il desserra son nœud de cravate et déboutonna sa chemise à l'encolure en se promettant de dire deux mots à Sam…

Le vaste espace était inoccupé, un parfum épicé flottait dans l'atmosphère, et les notes rythmées d'un standard de jazz accompagnaient la voix d'une chanteuse dont le nom lui échappait.

Il regarda autour de lui, évaluant d'instinct la superficie au sol, la hauteur sous plafond, le volume global… Les fenêtres cintrées ouvrant sur la rue paraissaient d'origine et en assez bon état. Ryder résista au désir de s'en approcher pour vérifier si sa voiture était encore là…

Suspendus au plafond, d'énormes ventilateurs industriels, et plusieurs lustres anciens en verre dépoli répandaient leur lumière dorée sur le vieux parquet de bois éraflé par endroits.

Quant aux miroirs piqués couvrant tout un mur, ils ne devaient plus servir à grand-chose… Sur sa gauche, à côté des rideaux tombant du plafond jusqu'au plancher, Ryder découvrit une rangée de vieux casiers d'école dont la plupart des portes étaient ouvertes, un piano, une demi-douzaine de cerceaux empilés n'importe comment, des étagères aux rayons chargés de CD et de piles de partitions en équilibre précaire… Et enfin, une méridienne de velours rose qui semblait attendre le gracieux modèle dont un peintre allait faire le portrait.

Il avança d'un pas en entendant craquer le vieux parquet. Aussitôt la musique s'interrompit, puis une voix féminine demanda derrière les rideaux :

— Monsieur Fitzgerald ?

Quand il se retourna, Ryder tressaillit : au lieu d'une femme d'un certain âge aux airs de grande dame à laquelle il s'était attendu, il vit Schéhérazade se diriger vers lui.

Fasciné, il contempla la masse luxuriante de longs cheveux ébène, les yeux sombres soulignés de khôl, le teint de porcelaine… Lentement, il laissa glisser son regard sur le haut sans manches noué au-dessus de la taille mince et révélant un ventre plat et lisse, la jupe longue dévoilant les chevilles fines et les pieds nus. A chaque pas, les ocres de l'étoffe ondoyaient, miroitaient…

— C'est vous qui êtes censée me transformer en Patrick Swayze ?

Elle battit des cils tandis qu'un sourire furtif jouait au coin de sa bouche pulpeuse.

— Nadia Kent, dit-elle en tendant la main.

Ryder la prit. Douce, chaude et ferme. Une décharge électrique le parcourut, violente, puis la jeune femme dégagea sa main et la sensation disparut.

— Vous êtes en avance, dit-elle d'un ton de reproche.

— Cela devrait vous arranger, vu l'horaire tardif du cours.

— Et qui a souhaité cet horaire tardif, monsieur Fitzgerald ?

Quand elle passa à côté de lui, Ryder reconnut les effluves épicés qu'il avait remarqués en arrivant.

Avec la grâce et la légèreté d'un oiseau, Nadia Kent s'assit au bord de la méridienne rose, ses cheveux bruns ruisselant sur ses épaules et sa jupe de gitane se répandant autour d'elle comme une corolle. Puis, d'un geste vif du poignet, elle remonta l'étoffe sur ses genoux, découvrant des mollets à la peau blanche et aux muscles fins, avant de se pencher légèrement pour tirer une paire de chaussures de cuir beige à petits talons de dessous la méridienne.

— Vous avez l'air d'avoir chaud, dit-elle en les enfilant sans lever les yeux.

Certes. Et même de plus en plus…

Toujours sans le regarder, elle se leva, sortit une petite télécommande de la ceinture de sa jupe et s'avança vers lui, ses talons claquant sur le plancher.

— A votre place, j'ôterais ma veste, monsieur Fitzgerald. Il fait très chaud, ici, et je n'ai pas envie d'avoir à vous rattraper si vous vous évanouissez.

Ryder se rebiffant d'instinct à cette pensée, elle dut le sentir car il vit un éclair de triomphe passer dans ses yeux sombres.

Toutefois, il la prit au mot et se débarrassa de sa veste qu'il posa avec soin sur le dossier de la méridienne. Au même instant, il aperçut des trous de mites dans le velours… *Formidable!* songea-t-il en dénouant sa cravate avant de la déposer sur sa veste. Ensuite, il défit ses boutons de manchettes, les mit dans ses poches et roula les manches de sa chemise sur les avant-bras.

A vrai dire, cette petite séance de déshabillage aurait mieux convenu dans une chambre… D'autant que Nadia Kent ne l'avait pas quitté du regard une seconde.

Mais soudain, elle détourna les yeux d'un air désinvolte et rangea la télécommande sous sa ceinture avant de repousser ses cheveux en arrière pour les nouer en queue-de-cheval. Elle fixa celle-ci avec un élastique épais, sorti lui aussi de la ceinture de sa jupe, puis redressa le menton et frappa des talons sur le plancher.

Se rappelant la raison de sa présence en ce lieu insolite, Ryder commença vraiment à transpirer.

— Pouvons-nous commencer ? demanda-t-il.

Il songea aux plans l'attendant chez lui, aux logiciels hypersophistiqués stockés dans les puissants ordinateurs de son cabinet d'architecte, en ville. A ses projets personnels et à ceux réalisés avec son équipe. Ryder *aimait* travailler. Et il aurait préféré passer la nuit entière sur un projet plutôt que de perdre une heure à de telles excentricités.

Les mains de Nadia Kent glissèrent sur ses hanches fines et rondes, faisant descendre un peu la ceinture de sa jupe.

— Vous avez mieux à faire que de venir ici à 22 heures un mardi soir, monsieur Fitzgerald ?

— Oui, en effet, répliqua Ryder en plissant des yeux. Je suis un homme très occupé.

— Je vous crois. Mais dites-moi : où est votre collant ?

— Pardon ?

— Votre collant de danse : Sam vous en a parlé, j'espère. Si vous voulez apprendre à bouger, il vous faut être libre de vos mouvements et par ailleurs, je dois pouvoir vérifier votre posture. Toutefois, je n'ai rien contre un pantalon de jazz — du moment qu'il reste près du corps et n'est pas trop large aux chevilles.

Elle plaisantait, comprit Ryder. Enfin, il en était certain à 90 %. Mais cela n'empêcha pas un frisson de lui parcourir l'échine.

— Mademoiselle Kent, vous croyez vraiment que j'aurais fait dix kilomètres pour venir m'exhiber en collant ?

Lorsque ses yeux de braise se posèrent sur sa chemise entrouverte, s'aventurèrent jusqu'à la boucle de son ceinturon, puis sur le pli impeccable de son pantalon, il ressentit une tension inconfortable au plus secret de son anatomie.

Mais quand elle releva les yeux, un sourire se dessina sur sa bouche aux lèvres pleines, charmeur, sensuel…

— Si c'est votre façon de traiter les élèves qui arrivent en avance, mademoiselle Kent, je serais curieux de savoir quel traitement vous réservez aux retardataires, reprit-il d'une voix rauque.

— Vous vous méprenez sur mon attitude, riposta-t-elle en ressortant la télécommande.

Elle la brandit en appuyant sur une touche, faisant jaillir des notes de piano de haut-parleurs invisibles, puis une voix de femme se déploya dans l'espace, caressante…

— Et puisque vous avez réservé cet horaire spécial, laissez-moi vous en donner pour votre argent.

Lorsque, les sourcils haussés, elle leva le bras, paume dressée, fléchit les doigts puis plia et replia l'index plusieurs fois pour lui faire signe de s'approcher, Ryder ressentit une curieuse excitation.

Le regard soudé à celui de Nadia Kent, il vit un éclair flamboyer dans ses yeux. Mais aussitôt, elle battit des cils et l'éclair s'évanouit. Cependant, Ryder avait eu le temps de comprendre qu'il n'était pas le seul à éprouver… Quoi ? Du désir ? De l'attirance ? En tout cas, quelque chose vibrait entre eux…

— J'ai autre chose à vous proposer, dit-il. Je vous règle l'intégralité des cours et nous en restons là. Sam n'aura pas besoin de le savoir, bien sûr.

12

— D'accord. Pas de problème. Mais lorsque vous vous retrouverez sur la piste de danse, le jour de son mariage, et que tous les yeux seront braqués sur vous quand vous lui marcherez sur les pieds, que lui direz-vous ?

Ryder la regarda un instant en silence. En moins de cinq minutes, cette femme avait découvert son point faible…

— Bon, vous avez terminé, monsieur Fitzgerald ? Parce que franchement, mes élèves de deux ans font moins d'histoires !

Elle souleva les bras en un gracieux demi-cercle devant elle, l'invitant à faire de même. Mais comme il se contentait de la fixer en silence, elle poussa un juron — assez coloré — avant de se rapprocher de lui. Après lui avoir pris les mains, avec une force étonnante pour une femme aussi mince, elle les souleva pour les placer dans la position qu'elle souhaitait.

D'aussi près, Ryder distinguait les reflets auburn de sa chevelure, les minuscules taches de rousseur parsemant l'arête de son nez. Mais quand elle se glissa entre ses bras et lui prit la main droite pour la poser sur sa hanche, Ryder cessa de penser. Sous sa paume, il sentait le tissu soyeux et sous ses doigts, la peau de Nadia Kent. Douce. Chaude…

Et lorsqu'elle mêla ses doigts à ceux de la main libre de Ryder, la chaleur s'intensifia.

— Cela fait longtemps que je n'ai pas dansé, Nadia.

— J'irai doucement, promis, répliqua-t-elle avec un petit sourire en coin. Il suffit de me faire confiance. Vous me faites confiance, Ryder ?

— Pas du tout.

Le sourire s'agrandit tandis qu'elle se passait lentement la langue sur la lèvre supérieure.

Elle savourait ces instants, devina Ryder. Son attitude frôlait le sadisme…

— Nadia…

— Non ! Bon, une seule question, soupira-t-elle. La dernière. Ensuite, taisez-vous et dansez !

Fascinante, sadique, et autoritaire, avec ça… Cocktail détonnant. Et très sexy.

— Au fait, qui est ce fichu Patrick Swayze ?

Quand elle éclata de rire en renversant la tête en arrière et en collant ses hanches aux siennes, Ryder serra les dents. Bon sang ! Le faisait-elle exprès ? Jouait-elle avec le feu ?

— Ne plaçons pas la barre trop haut ! dit-elle enfin en posant la main sur son torse. Mon but est seulement de vous apprendre à tenir trois minutes sur une piste de danse sans mettre la mariée dans l'embarras.

Elle appuya légèrement ses doigts sur sa poitrine avant d'ajouter :

— D'accord ?

Le sang rugissait dans les veines de Ryder tandis qu'il respirait sa senteur de femme, sentait la pression de ses hanches contre les siennes, de la main sur sa poitrine, là où son cœur battait la chamade…

— Par quoi commençons-nous ? demanda-t-il d'une voix rauque.

— Par le début, tout simplement.

Sans paraître percevoir le trouble de son élève, elle lui demanda d'écouter la musique, de se concentrer sur le rythme, de se laisser pénétrer par lui et de suivre le mouvement de ses propres hanches.

Serrant les dents de plus belle, Ryder regretta le jour où Sam était née, avant de se ressaisir aussitôt. Si sa petite sœur bouleversait parfois l'équilibre de sa vie bien structurée, elle était par ailleurs le plus beau cadeau que la vie lui ait offert.

Il avait onze ans lorsque son père s'était remarié, quelques mois à peine après la mort de sa femme. Même à ce jeune âge, Ryder avait compris que Fitz n'avait pas été un époux fidèle. Et comme la mère de Ryder possédait une force formidable, un cœur immense, une sensibilité et une intuition hors du commun, elle l'avait forcément su, alors qu'elle était malade, puis mourante.

Sentant un goût de bile lui monter aux lèvres, Ryder

repoussa le flot de souvenirs et repensa au jour où Sam était venue au monde. A l'instant où, pour la première fois, il avait regardé les grands yeux gris de sa petite sœur, tout avait changé. Il s'était juré de ne jamais la laisser tomber, sachant déjà, alors qu'il n'était pourtant qu'un gosse, que leur salaud de père la décevrait, l'entraverait, l'étoufferait à la moindre occasion…

Néanmoins, le triste exemple de Fitz n'avait pas découragé sa douce petite sœur, puisqu'elle allait se *marier*.

— Concentrez-vous ! ordonna Nadia en lui pinçant la peau entre le pouce et l'index.

Ryder la foudroya du regard.

— Ne perdons pas de temps, Nadia. Je…

— Faites comme tout le monde et appelez-moi mademoiselle Nadia — c'est l'usage, l'interrompit-elle. Deuxièmement, si vous voulez aller vite : cessez de râler et concentrez-vous — ce sera plus efficace !

— Très bien, mademoiselle Nadia.

— C'était si difficile que cela ? répliqua-t-elle en riant.

— *Très* difficile.

S'était-elle en même temps pressée contre lui, ou l'avait-il imaginé ? En tout cas, sa virilité se manifesta sans ambiguïté. Et au fur et à mesure que le cours se poursuivit, l'état de Ryder ne fit qu'empirer.

Les mains de Mlle Nadia étaient partout : se refermant sur les hanches de Ryder pour les faire bouger comme elle l'entendait ; glissant sur ses bras pour les soulever dans la bonne position ; se posant sur ses épaules tandis qu'elle se plaçait derrière lui et collait ses genoux derrière les siens afin qu'il bouge les pieds en rythme…

Bref, un véritable supplice. Et pas seulement parce qu'il n'avait pas l'habitude d'être dirigé ni de se voir donner des consignes strictes… Il y avait les effluves entêtants montant de ces cheveux d'ébène. La tentation que représentait cette peau satinée, visible entre son haut et la ceinture de sa jupe. Et ces yeux surgis des *Mille et Une Nuits*, sombres, envoûtants, veloutés…

Sans compter le sourire qui arrondissait de temps en temps sa bouche sensuelle tandis qu'elle comptait à voix haute pour marquer la mesure — comme si Ryder avait trois ans !

Quand elle coupa la musique, il demanda :

— C'est fini ?

— Oui, pour aujourd'hui, dit-elle en s'éloignant sans même le regarder.

Comme s'ils ne venaient pas de passer quasiment une heure enlacés, en des postures frisant l'étreinte sensuelle !

Arrivée devant la méridienne, elle ôta l'élastique de ses cheveux et les secoua avant de les coiffer avec ses doigts jusqu'à ce qu'ils ruissellent sur son dos. Puis, sentant sans doute son regard dardé sur elle, elle tourna brièvement la tête vers lui tout en enfilant un gilet cache-cœur, avant d'enrouler une longue écharpe de coton gris argenté autour de son cou.

— La prochaine fois, mettez un pantalon souple, un T-shirt, et apportez un vêtement chaud pour après, dit-elle. Il fait une chaleur épouvantable dehors, mais après une séance de travail comme celle-ci, le corps se refroidit vite.

Pas de problème, songea Ryder. Un petit refroidissement serait au contraire le bienvenu...

— Je vous raccompagne, dit-il.

— Pas la peine. Je sais me débrouiller : j'ai grandi dans des quartiers mal fréquentés.

Richmond n'était pas mal fréquenté, mais auprès de sa petite sœur, Ryder avait développé un instinct protecteur farouche.

— Il est 23 heures, je vous raccompagne.

— Ah... Vous tenez vraiment à vous montrer galant...

— Je suis né comme ça, répliqua-t-il avec un léger sourire.

Après avoir repris la veste et la cravate, il les posa sur son bras. Elle le regarda faire, mais s'abstint de tout commentaire, puis se dirigea vers un vieux panneau électrique. L'obscurité envahit l'espace, laissant pour tout éclairage les taches de lumière projetées par la lune à travers les belles fenêtres cintrées.

Ryder leva de nouveau les yeux vers les lustres poussiéreux, les énormes ventilateurs, et surtout, les impressionnantes poutres qui s'entrecroisaient au-dessus dans la pénombre. Il connaissait des gens prêts à payer des fortunes pour les faire reproduire…

A cet instant, Nadia toussa : il comprit et la suivit vers la sortie. Après avoir refermé la porte, elle s'appuya de la hanche contre le panneau de bois et donna deux tours de clé.

Sans dire un mot, Ryder descendit l'escalier derrière elle, les ampoules vertes projetant des ombres bizarres sur les lambeaux de papier peint qui pendaient des murs. Vu d'en haut, le dessin de la courbe tracée par l'escalier était fabuleux. Avec des travaux appropriés…

Absurde ! se sermonna-t-il, agacé. Cet endroit aurait même sans doute dû être condamné entièrement. Cependant, il comprenait pourquoi cette bâtisse continuait à le charmer : c'était exactement le genre de lieu que sa mère aurait adoré. A sa mort, elle avait légué à la postérité ses merveilleuses sculptures faites d'objets trouvés, abandonnés, rejetés, oubliés, perdus. Et à son fils, la certitude qu'en écoutant son cœur, l'on allait droit à la catastrophe et au chagrin.

Refoulant ses sombres pensées, il sortit derrière Nadia.

— Je vous revois la semaine prochaine ? demanda-t-elle.

— Je le crains.

Arrêtée à quelques pas de lui, elle le regarda en se balançant d'un pied sur l'autre, puis se haussa sur la pointe des pieds jusqu'à ce que leurs visages se trouvent à la même hauteur.

— Sam fait de vous ce qu'elle veut, n'est-ce pas ? Je l'aimais déjà beaucoup, mais maintenant, j'ai encore plus de respect pour elle !

Ryder réprima une furieuse envie de rire. Ainsi qu'une autre, plus puissante, qui le poussa à enfoncer les mains dans ses poches, de crainte de commettre un acte stupide et dangereux. Retrouver cette peau lisse et chaude sous ses doigts, par exemple, et attirer Nadia dans ses bras. Ou glisser les doigts dans ses mèches d'ébène, puis dévaster sa belle bouche afin d'en effacer ce sourire moqueur.

Mais il était hors de question qu'il se laisse aller. Parce que même si Nadia était sexy en diable, le seul objectif de Ryder était de conduire Sam à l'autel. Ensuite, il n'aurait plus à la cacher au sommet d'une tour, dans un appartement sécurisé où personne ne pouvait lui faire de mal.

Par conséquent, il n'avait pas de temps à perdre au pays des Mille et Une Nuits.

Ryder leva les yeux sur la façade de brique rouge, contempla les fenêtres éteintes du second étage.

— Vous savez à qui ça appartient ?

— Pourquoi ? répliqua-t-elle.

Pour penser à autre chose qu'aux désirs fous qui se bousculaient en lui.

— A cause des poutres.

— Je n'en sais rien, lança-t-elle par-dessus son épaule en s'éloignant. Je travaille ici, c'est tout.

Lorsqu'elle eut disparu dans l'obscurité, Ryder se retrouva seul sur les graviers, à côté de sa voiture.

Et soudain, il réalisa qu'il tremblait de froid.

Quelques minutes avant minuit, Nadia se laissa littéralement tomber sur son lit tout habillée. Le visage enfoui dans l'oreiller, elle revit la scène se dérouler sur l'écran de sa mémoire.

Elle entendit le plancher grincer, sentit la panique l'envahir à la pensée d'avoir été surprise. Elle se retrouva le souffle court, le corps moite, déstabilisée. Après avoir reposé les pieds sur la terre ferme, elle s'était épongé le visage et la nuque à la hâte, tout en écartant les rideaux.

Bêtement, Nadia s'était attendue à une version masculine de Sam : grand, beau, souriant, bien sûr — mais un peu gauche. Eh bien, elle s'était bien trompée !

Ryder Fitzgerald était grand, en effet, mais là s'arrêtait la ressemblance avec sa sœur. Il n'était pas beau — il était somptueux, dans ce costume bleu nuit et cette chemise d'un blanc immaculé. Ténébreux, mince, élégant, mais aussi, tranchant. Et en plus de la sophistication et de la perfection qui émanaient de lui, il dégageait une sensualité brute et sauvage.

En proie à un trouble profond, Nadia avait reculé derrière le rideau en tremblant de tout son corps. Le souffle court, une spirale brûlante se déroulant dans son ventre, elle s'était même sentie en proie à un bouleversement de tous les sens.

Avec le recul, elle réalisa que sa réaction avait été tout à fait compréhensible et normale. Après tout, cela faisait plus d'un an qu'elle avait rompu avec son ex. Et à vrai dire, plus longtemps encore qu'elle n'avait ressenti une réaction aussi charnelle et merveilleuse à la proximité d'un homme.

A tel point que dans ses instants de doute, Nadia s'était demandé si cette relation de deux années n'avait pas davantage nui à son ego qu'à sa carrière.

Mais non, elle était une Kent, et dans sa famille, les femmes ne s'apitoyaient pas sur un amour perdu, une foulure ou quelques bleus. Elles s'en remettaient. Comme Nadia l'avait fait elle-même avec brio.

Et alors qu'elle s'en tirait à merveille et dansait mieux que jamais, et que le moment approchait où elle allait pouvoir récupérer tout ce à quoi elle avait renoncé — la flamme se ravivait…

Nadia roula sur le flanc et serra son oreiller sur la poitrine. Hélas, même les yeux grands ouverts, elle sentait encore les muscles jouer sous la chemise blanche, fermes, puissants. Fascinants. Quant à sa chaleur virile… Lorsque Nadia avait posé la main sur la poitrine de Ryder, juste là où battait son cœur, elle avait senti cette chaleur pulser en elle — jusqu'à la fin du cours.

Laisse, ça va passer, se dit-elle. *Les hommes ne comptent pas.* En réalité, c'était la voix de sa mère qui parlait ainsi. Claudia qui, après avoir regardé brièvement Nadia le soir où elle avait débarqué chez elle un an plus tôt, avec pour tout bagage sa valise et son cœur brisé… avait souri. Pas du tout parce qu'elle était heureuse de revoir sa fille unique. Mais parce que ayant elle-même vu sa carrière brisée à cause d'un homme, elle voyait le fruit de son erreur de jeunesse s'égarer de la même façon.

Sa mère étant dépourvue de toute fibre maternelle, Nadia avait appris très tôt à encaisser les rejets, ce qui pour une danseuse professionnelle était un atout inestimable. Car il fallait être fort, dans ce métier. Elle avait lu quelque part que la célèbre actrice américaine Ethel Barrymore avait dit un jour que pour réussir dans le milieu de la danse, une femme devait avoir les traits de Vénus, le cerveau de Minerve, la grâce de la muse Terpsichore, la mémoire de l'historien britannique Macaulay, la silhouette de Junon, et une peau de rhinocéros. En plus de ces qualités, les danseurs devaient pouvoir faire le grand écart sur commande…

Nadia possédait tous ces atouts, et même davantage. Mais si elle manquait l'opportunité qui s'offrait à elle et ratait son coup, elle aurait mérité le mépris de Claudia pour avoir commis la même erreur qu'elle.

Enfin, pas tout à fait la même puisque, Dieu merci, Nadia ne prendrait jamais le risque de tomber enceinte !

Tendant la main vers le tiroir de la table de nuit, elle en sortit son carnet et fit quelques croquis des figures qu'elle avait ajoutées à son numéro, juste avant l'arrivée de Ryder Fitzgerald.

A vingt ans, Nadia avait profité de son talent naturel, de son audace, et peut-être aussi du nom de sa mère. Mais depuis qu'elle avait quitté la scène, des danseurs plus jeunes apparaissaient chaque jour, plus doués, plus ambitieux. Cependant, ces petits jeunes assoiffés de gloire ignoraient que cette fois, Nadia avait un avantage sur eux : elle ne convoitait pas seulement un job — elle avait quelque chose à prouver. Ne serait-ce qu'à elle-même.

Ses croquis terminés, Nadia se rallongea. Elle prendrait une douche au réveil. Et puisqu'elle ne travaillait qu'à

14 heures, elle aurait le temps de participer à un cours de danse contemporaine à South Yarra, ou de trapèze, dans ce superbe entrepôt de Notting Hill reconverti en studio.

Elle s'empara de la télécommande et parcourut la liste des films téléchargés, jusqu'au titre qu'elle cherchait.

Les notes de *Be My Baby* jaillirent du haut-parleur du poste de télévision acheté d'occasion, tandis que les images floues en noir et blanc s'animaient sur l'écran : celles des visages, puis des corps des couples de danseurs.

Lorsque le nom de Patrick Swayze apparut en élégants caractères rose flashy, Nadia remonta la couette jusqu'à son menton en soupirant.

Pas de panique : elle était sur la bonne voie. Et si elle ne s'égarait pas en chemin, tout irait bien.

Tout en sombrant peu à peu dans le sommeil, elle se demanda si c'était bien sa propre voix qu'elle venait d'entendre prononcer ces mots, ou celle de Claudia.

2.

— Alors, comment c'était ? Tu es content que je t'aie forcé à y aller ?

Ryder appuya le téléphone contre son oreille et se boucha l'autre pour mieux entendre Sam.

— C'était…

Atroce, brûlant, une sacrée leçon d'endurance…

— … Ça s'est bien passé, reprit-il.

— Je te l'avais dit ! Le studio est superbe, n'est-ce pas ? Tu as vu les poutres ? Je savais que tu les adorerais !

Sam avait raison. Les poutres étaient fabuleuses. Autrefois, Ryder aurait tout sacrifié pour les étudier à fond. Il regarda le réseau de pics d'acier et les dalles de béton qui l'entouraient, sur lesquels s'élèverait un audacieux gratte-ciel étincelant — à mille lieues de la robuste architecture de brique rouge abritant le studio de danse.

Son chef d'équipe agita sa torche dans sa direction pour lui signaler que le groupe qu'il était venu rencontrer — et qui allait lui en faire voir de toutes les couleurs — était arrivé. Ryder leva le pouce pour lui indiquer qu'il arrivait dans une minute.

— Elle a été danseuse, poursuivit Sam. Professionnelle.

Ryder essaya d'imaginer Nadia Kent en tutu blanc.

— Nadia a été danseuse étoile ?

— Mais non : elle a travaillé avec *Sky High* !

— Sam, est-ce que tu veux bien cesser de me parler par énigmes et m'expliquer de quoi il s'agit ?

— Tu devrais sortir plus souvent, grand frère. *Sky High*

est un spectacle grandiose : c'est à la fois *Burning Floor* et le *Cirque du Soleil*, avec des effets spéciaux incroyables et des danseurs au talent fou. Ils sont basés à Las Vegas.

— Et c'est tout ce que tu as trouvé pour apprendre à tes invités à danser ? Une artiste de music-hall ?

— Du calme, Ryder : Nadia ne travaillait pas dans un bar louche !

Peut-être, mais il n'avait aucune difficulté à se représenter Nadia en bas résilles, perchée sur de hauts talons, des plumes de paon placées au bon endroit complétant l'ensemble — et sa peau claire luisant dans la lumière tamisée, ses cheveux ondulant sur son dos nu...

Ryder ferma les yeux pour chasser les visions torrides qui défilaient dans son esprit.

— Elle est si gracieuse, si souple ! continua Sam. L'autre jour, elle s'échauffait quand nous sommes arrivés : elle arrive à se passer la jambe derrière la tête et à se toucher le nez avec le bout des orteils !

Il devenait urgent de clore cette conversation, songea Ryder en rouvrant les yeux.

— Si seulement j'avais ne serait-ce que la moitié de son talent, soupira alors Sam. De son assurance, de sa sensualité...

— Bon, l'interrompit-il. Tu l'adores, j'ai compris. Et puisque je prends des cours comme tu le souhaitais, tout va bien et restons-en là — d'accord ?

— Elle est célibataire, Ryder...

Un juron échappa à Ryder tandis qu'il sentait un frisson glacé lui parcourir la nuque.

— Il faut que je te laisse, Sam, dit-il précipitamment. Mon chef d'équipe commence à s'énerver...

Sur ces mots, il coupa la communication et fourra le portable dans sa poche. Il n'y avait aucun doute : Sam essayait de le caser ! Or, ce n'était pas du tout dans ce but qu'il avait accepté de suivre ces fichus cours de danse !

Ryder était l'appui de Sam. Sa pierre angulaire. C'était la raison pour laquelle il l'avait toujours ménagée, afin qu'elle ne grandisse pas dans l'idée que tous les hommes étaient des brutes égoïstes — à l'instar de leur père, qui avait failli à ses obligations paternelles envers eux deux.

Mais apparemment, la situation avait évolué, et bien trop vite au gré de Ryder.

Car de son côté, Sam était sa pierre de touche. Alors que la sensibilité artistique héritée de sa mère se trouvait peu à peu éclipsée par une ténacité aiguisée, doublée de la soif de réussite que son père avait éveillée en lui, c'étaient ses responsabilités envers Sam qui l'avaient sauvé. En étant là pour elle, en toutes circonstances, Ryder était parvenu à prouver qu'il était différent de leur père.

S'il n'avait plus à protéger Sam, il risquait fort de perdre tout garde-fou.

Il leva les yeux sur les murs de six mètres de haut et couverts de poussière blanche en songeant à la tour qui s'élancerait plus tard vers le ciel : une œuvre d'art aux lignes pures, à la symétrie parfaite, agrémentée d'une touche de fantastique qui percerait le ciel de Melbourne comme une flèche. C'était le type même de projet sur lequel il concentrait tous ses efforts, depuis plus de dix ans.

Pourtant, il n'avait pas toujours eu pour ambition de créer des immeubles défiant les nuages. Son premier stage en entreprise s'était effectué durant un été fabuleux passé à Sorrento, au bord de la mer, auprès d'un spécialiste de la rénovation. Tom Campbell, à la fois créatif et respectueux de l'architecture, avait le don de restituer leur grandeur passée aux belles demeures de la péninsule. Le travail avait été dur, éprouvant, mais les odeurs entêtantes des matériaux de récupération lui avaient rappelé ceux qu'utilisait sa mère pour ses sculptures, avec une force qu'il n'avait plus ressentie depuis son enfance.

Jusqu'au jour où son père était apparu avec le propriétaire de la maison sur laquelle travaillait Campbell, à ce moment-là. Fitz n'avait pas feint une rencontre de hasard. Le rictus de mépris déformait déjà ses lèvres, avant même qu'il ne baisse les yeux sur le marteau que tenait Ryder.

« Aucune ambition », avait-il marmonné à l'adresse de son ami, sans se soucier de dire bonjour au fils qu'il n'avait pas vu depuis deux ans. « Ce gamin a toujours été une bonne poire, un idéaliste. Avec une mère artiste, je n'avais pas la moindre chance de le voir devenir quelqu'un… »

Fichues poutres du studio de danse ! Elles avaient ravivé les souvenirs enfouis ! Parce que peu importait le parcours qui l'avait mené à ce travail complètement différent : ce qu'il faisait était vital, essentiel. Quant à la femme qui avait réveillé sa part d'ombre, elle ne pouvait que l'entraîner sur la mauvaise pente. Par conséquent, il allait devoir redoubler de vigilance.

Fort de cette résolution, Ryder partit à la recherche du directeur de projet, du chef de travaux, de l'ingénieur en chef, du représentant du Conseil, du délégué syndical et de la joyeuse bande de commanditaires — en espérant, de façon un peu perverse, qu'un problème allait se présenter dans lequel il pourrait s'investir à fond.

La journée de Nadia avait été chargée : éveil et initiation à la danse pour les tout-petits le matin, danse sportive pour les seniors après le déjeuner, salsa niveau intermédiaire en fin d'après-midi… Le moment était venu de faire une pause.

Assise sur une chaise à côté de l'une des fenêtres du studio, elle regarda la pluie ruisseler sur les vitres. La ruelle lui parut soudain plus belle, lui rappelant l'atmosphère d'un film français des années quarante dont le titre lui échappait.

Hélas, les averses qui s'étaient succédé quasiment toute la journée n'avaient pas fait baisser la température. Les vêtements lui collaient à la peau, ses cheveux bouclaient sur sa nuque. Par ailleurs, ce temps rendait ses articulations plus sensibles… Mais bon, comme aimait à le répéter sa mère : si une danseuse ne rentrait pas à la maison en boitant, cela signifiait qu'elle n'avait pas assez travaillé.

Ce n'étaient certes pas les difficultés qui avaient conduit Nadia à renoncer à sa carrière de danseuse.

Elle repensa au jour où, après avoir découvert que son partenaire, sur la scène comme à la ville, l'avait plaquée pour une autre danseuse de la compagnie. Elle avait tout perdu d'un coup : compagnon, logement et travail. Et soit à cause du choc émotionnel ressenti alors, de la confusion qui s'en était suivie, ou d'une soudaine fatigue physique, Nadia avait fui et quitté Las Vegas.

A son arrivée à Melbourne, elle était allée tout droit chez sa mère qui lui avait réservé un accueil salutaire : après les quelques banalités d'usage, elle avait conseillé à sa fille en larmes de se ressaisir et de se remettre au travail. Exactement ce que Nadia avait besoin d'entendre.

Elle se pencha pour se masser la cheville en poussant un soupir. Elle dansait de nouveau. Et le moment de réaliser son rêve approchait à grands pas. Mais pour l'instant, elle avait encore un cours à donner avant de quitter le studio. A Ryder Fitzgerald.

Viendrait-il ? se demanda Nadia en contemplant la chaussée brillante.

A cet instant — à 21 h 59 précises —, sa voiture noire aux lignes félines déboucha au coin de la ruelle et se gara devant la porte principale du bâtiment. Puis Ryder sortit du véhicule... vêtu d'un nouveau costume élégant. Il avait ignoré son conseil, évidemment ! maugréa-t-elle en se levant.

Juste au moment où elle allait se détourner de la fenêtre, il leva les yeux. Nadia recula précipitamment. Pas question que M. Testostérone croie qu'elle avait guetté son arrivée, le cœur battant la chamade...

Après s'être s'éloignée de la fenêtre, elle enfila ses chaussures de danse à talons qu'elle tira de dessous la méridienne, puis prit la longue jupe noire posée sur le dossier et la passa par-dessus son justaucorps noir et ses bas résilles. A présent, elle était prête à jouer son rôle de professeur — il n'aurait pas fallu que son élève se fasse des idées…

Et pourtant, depuis son retour à Melbourne, c'était la première fois qu'elle rencontrait un homme à qui elle aurait bien aimé donner des idées… Une semaine après leur premier cours, Nadia se rappelait encore la sensation délicieuse de ses mains sur ses hanches. De la force de ses bras, de la fermeté de son torse, du sourire arrogant, lent, sardonique, sensuel qui avait réveillé la part la plus féminine d'elle-même…

Se forçant à se ressaisir, Nadia frappa des talons sur le parquet, prête à tout pour chasser le désir qui courait dans ses veines et menaçait de la submerger. Si elle n'y prenait garde et se laissait aller, elle risquerait gros. Toute sa carrière reposait sur ce qui se passerait durant les deux mois à venir, et elle ne pouvait se permettre de prendre aucun risque.

Des pas se rapprochèrent sur le palier. Elle redressa la tête, les épaules, rajusta sa queue-de-cheval, puis afficha un sourire innocent tandis que la porte s'ouvrait en grinçant.

— Monsieur Fitzgerald ! Quelle surprise ! J'avais parié que vous ne viendriez pas…

Le visage luisant de pluie, les cheveux mouillés et brillants, il dégageait une sensualité encore plus intense. Une goutte glissa d'une mèche sur son front puis, lentement, descendit sur l'arête de son nez droit.

— Il fait un peu humide, ce soir…, reprit Nadia.

— Nous sommes à Melbourne, répliqua-t-il en secouant la tête. Le climat est tropical.

Des gouttelettes voltigèrent autour de lui avant de tomber sur le plancher.

— Hé ! Vous avez déjà essayé de danser sur un parquet mouillé ? C'est faisable, mais je vous déconseille de tenter la voltige…

Nadia se dirigea vers un casier et en sortit une serviette-éponge. Après l'avoir dépliée, elle se retourna vers son élève et la lui tendit en la tenant entre le pouce et l'index.

Quand il comprit qu'il devait aller la chercher, Ryder esquissa un lent sourire. Sans détacher son regard de celui de Nadia, il franchit l'espace qui les séparait et s'empara de la serviette avant de s'essuyer le visage et les cheveux d'un geste énergique et typiquement masculin. Et lorsqu'il se la passa sur la nuque, les yeux fermés, Nadia contempla les muscles de son cou, gagnée par un trouble si profond qu'elle s'enfonça un ongle dans le pouce pour retenir un gémissement.

Au même instant, Ryder interrompit son geste et rouvrit les yeux. Son regard noisette vibra d'un éclat ténébreux, en contraste avec la blancheur de la serviette. Puis, prenant délibérément son temps, il tendit celle-ci à Nadia.

Cette fois, c'était à elle d'aller la chercher…

Se gardant bien de l'approcher de trop près, Nadia s'avança et lui arracha la serviette, mais la senteur virile de Ryder lui titilla les narines. Chaude, musquée, agrémentée d'une pointe de santal. Elle en sentit le goût sur sa langue, la savoura dans sa bouche…

Nadia laissa tomber la serviette sur le sol, posa le pied dessus et s'en servit comme serpillière pour essuyer vigoureusement le parquet.

Et alors, comme s'il avait compris ce qui se passait en elle, Ryder se mit à rire.

C'était la faute de la pluie, songea-t-elle en redoublant de vigueur. Les enfants avaient été intenables, ce matin-là, s'agrippant à la barre pour faire toutes sortes de singeries…

Après avoir harponné la serviette à l'aide de son talon, elle l'attrapa au vol avec adresse.

— Maintenant que ce problème est résolu, revenons au commencement : avant de bouger, il faut que vous appreniez à vous tenir. Aujourd'hui, nous allons travailler votre posture.

— Qu'est-ce qui ne va pas avec ma posture ?

Rien, songea Nadia en tressaillant.

— Il s'agit d'un processus, Ryder. Un voyage que nous entamons ensemble, et au cours duquel je vous transmets mon savoir tandis que de votre côté, vous faites ce que je vous demande de faire.

— Et que me demandez-vous de faire, précisément ?

Elle le regarda. Il avait les mains enfoncées dans les poches de son pantalon, les genoux verrouillés, sa veste ajustée ne lui permettant qu'une amplitude de mouvements limitée…

— Déshabillez-vous, dit-elle d'un ton brusque.

— Après vous, répliqua-t-il du tac au tac.

Nadia fit un quart de tour, dans l'espoir de dissimuler sa réaction immédiate : un désir brûlant, irrépressible…

— Regardez-moi, Ryder. A la différence de la vôtre, ma tenue est appropriée : vous pouvez voir ma colonne vertébrale, la position de mon bassin, la tension de mon ventre…

L'éclat qui incendia les yeux de Ryder fut si intense que Nadia en ressentit l'impact au plus profond de son intimité. Mais, au moment où elle allait retirer sa consigne irréfléchie, elle vit un muscle tressaillir dans sa mâchoire. Puis, sans se presser, il laissa descendre son regard sur son cou, sa gorge, ses seins, son ventre, avec un aplomb qui ne fit que décupler les sensations qui naissaient en elle sous cette caresse.

Se maudissant de ne pas être capable de maîtriser les réactions de son corps, Nadia se tourna lentement vers lui, les mains sur les hanches, et attendit que son regard remonte jusqu'au sien.

— Otez votre veste, monsieur Fitzgerald. Ainsi que votre cravate et votre chemise, s'il vous plaît. Vous pouvez garder votre maillot de corps si vous en portez un. Je voudrais déceler l'origine de votre raideur.

Il ouvrit la bouche puis la referma, se contentant de soutenir son regard tandis que l'ambiguïté des paroles de Nadia flottait entre eux.

Les yeux toujours rivés aux siens, Ryder fit glisser sa veste sur les épaules, les bras. Ensuite, il dénoua sa cravate et la défit. Nadia ne s'autorisa pas à baisser les yeux pour voir où elles échouaient, de crainte de s'égarer en chemin…

Mais lorsque les longs doigts de Ryder commencèrent à déboutonner sa chemise, avec une lenteur calculée, bouton après bouton, puis sortit la chemise de son pantalon avant de la faire descendre sur ses bras, toujours aussi lentement… Nadia ne put s'empêcher de suivre le moindre de ses gestes en retenant son souffle.

Avec soin, il posa la chemise sur la chaise — où se trouvaient déjà veste et cravate.

Il ne portait pas de maillot de corps. Et quand Nadia releva les yeux, ceux de Ryder étincelaient de défi.

— Vous êtes satisfaite ? demanda-t-il en laissant retomber ses bras musclés.

La bouche sèche, Nadia hocha la tête en silence. Puis elle se dirigea vers le panier en plastique où elle laissa tomber la serviette.

Elle avait demandé à Ryder de se déshabiller par pure provocation, sans songer un seul instant qu'il obéirait. Ni qu'il s'y prendrait de cette façon…

Les hommes que Nadia avait connus avaient tous été grands et minces, au corps lisse et épilé. A l'inverse, avec ses épaules puissantes, sa toison bouclée couvrant ses impressionnants abdos et disparaissant en pointe sous la ceinture de son pantalon, Ryder Fitzgerald appartenait à une tout autre espèce de mâles… Chez lui, tout était plus imposant, plus viril, plus sexy. Une vitalité fantastique émanait de toute sa personne.

Mais lorsqu'elle se retourna en s'efforçant de dominer son trouble, Nadia trouva Ryder de nouveau absorbé dans la contemplation des satanées poutres !

— Bon, dit-elle d'un ton sévère. Le temps passe — au travail !

Elle se dirigea vers lui en faisant claquer ses talons sur le plancher. Il s'agissait d'un cours de danse, à deux. Si elle ne le touchait pas, elle ne ferait qu'attirer l'attention de Ryder sur l'émoi qui s'emparait d'elle, se dit-elle en posant la main sur son épaule.

La peau chaude frémit sous ses doigts. L'alchimie qui vibrait entre eux enfla, se déploya autour d'eux, les enveloppa…

Sans attendre ses instructions, Ryder enlaça alors ses doigts aux siens et referma son autre main sur les reins de Nadia, envahissant son espace vital.

Le regard rivé à sa clavicule, l'odeur de sa peau se mêlant à des senteurs de pluie, de musc et de santal, Nadia eut soudain du mal à garder les yeux ouverts.

— Pas de musique ? demanda-t-il de sa voix profonde.

Il fallut une demi-seconde à Nadia pour réaliser qu'elle n'avait pas lancé le CD. Etonnée par cet oubli, elle sortit la télécommande de sa ceinture et la brandit en direction de la chaîne stéréo.

Lorsque la voix de Norah Jones jaillit des haut-parleurs, veloutée et sensuelle, Nadia voulut changer de CD, mais Ryder posa la main sur la sienne.

— C'est aussi bien qu'autre chose, non ? dit-il en la regardant dans les yeux.

Dans leurs profondeurs noisette, Nadia lut une interrogation muette : maintenant qu'elle avait obtenu ce qu'elle désirait, qu'allait-elle faire de lui ?

Elle redressa le menton et referma la main sur la sienne.

— Enfoncez les pieds dans le sol — les muscles des jambes vont se mobiliser. Maintenant, lâchez les genoux, comme si vous alliez les plier, mais sans les plier. Serrez les cuisses…

A cet instant, il pressa ses hanches contre celles de Nadia qui frémit avant d'afficher un sourire dégagé.

— Eloignez votre torse des hanches, comme si un fil sortait de votre tête et que quelqu'un vous tirait vers le haut. Levez le menton, les omoplates tirées vers l'arrière…

— Je peux respirer ? l'interrompit-il d'une voix crispée.

Nadia ne put s'empêcher d'éclater de rire.

— Oui, c'est même recommandé !

Cette fois, son trait d'humour se vit récompensé par un léger sourire.

Un peu plus tard, quand elle sentit qu'ils avaient trouvé la bonne posture, Nadia commença à bouger en rythme. La main fermement enlacée à celle de Ryder, leurs cuisses soudées, elle bascula ses hanches vers les siennes jusqu'à ce qu'il réponde et la suive.

— Vous sentez ? demanda-t-elle.

— Oui, je sens quelque chose, murmura-t-il.

— Vous êtes moins raide, ce soir.

Aussitôt, Nadia le sentit se durcir contre elle.

— Détendez-vous ! Je parlais de vos hanches, précisa-t-elle. Vous vous êtes entraîné, j'ai l'impression…

Les mâchoires serrées, il marmonna qu'il était pressé d'en terminer avec ces histoires.

— Vraiment ? fit Nadia avec surprise. C'est bien !

Sans prévenir, il lui saisit la main, recula et la fit tourner au bout de ses doigts. D'instinct, Nadia virevolta avant de revenir vers lui. Aussitôt, Ryder lui passa le bras autour de la taille et la renversa en arrière, avec une aisance stupéfiante.

Ce n'était pas la figure la plus gracieuse que Nadia eût jamais exécutée, mais elle sentit son cœur battre à un rythme saccadé tandis que Ryder la dominait, son bras puissant lui soutenant les reins, son regard étincelant dardé sur le sien.

Elle posa les paumes sur ses pectoraux nus et, avec une douceur inattendue, il la fit se redresser jusqu'à ce qu'ils se retrouvent hanches contre hanches, cuisses contre cuisses.

— Comment était-ce ? demanda-t-il en bougeant légèrement pour mieux s'adapter à elle.

Nadia vit des pépites dorées scintiller dans ses yeux.

— Pas mal. Mais il faut travailler.

— Je suis là pour ça.

En effet, il faisait bien de le lui rappeler… Elle se dégagea et saisit la télécommande pour choisir un fox-trot basique, de la pure *muzak*, bien aseptisée…

— Bon, maintenant que ça va mieux au niveau des hanches, nous allons nous concentrer sur vos pieds — parce que pour l'instant, ce sont de vrais bouts de bois !

Lorsque le cours s'acheva, les effluves musqués émanant de Ryder avaient pris une note fauve et enivrante.

— O.K., dit Nadia en repoussant une mèche de cheveux humides de sa joue. Travaillez vos pieds, cette semaine, pour que nous puissions passer à autre chose la prochaine fois.

Quand elle voulut se diriger vers la méridienne, Ryder la retint par le poignet.

— Qu'est-ce que c'est, ce parfum ? Je croyais qu'il venait du studio, mais c'est vous, n'est-ce pas ?

Tout en parlant, il s'était penché vers elle et, les yeux fermés, humait ses cheveux.

Immobile, la gorge nouée, Nadia sentit sa chaleur mâle se propager en elle.

— Je ne porte pas de parfum, dit-elle enfin après s'être éclairci la gorge.

— C'est épicé et doux à la fois…

— Ah, c'est le spray que j'utilise pour mes cheveux ! Mais je n'en mets que lorsque je monte sur scène.

— D'où vient ce parfum, alors ? demanda Ryder en haussant les sourcils.

— D'un produit qui empêche le justaucorps de remonter.

— Pardon ?

— Oui, là, précisa-t-elle en désignant brièvement le bas de son dos.

Sur ces paroles, Nadia s'éloigna, mais ne put s'empêcher de se retourner. Ryder contemplait son postérieur avec une incroyable intensité, comme s'il voyait à travers le tissu…

D'un geste rapide, elle enfila son cache-cœur et en noua le cordon autour de son buste avant de tout éteindre, pendant que son élève reprenait une allure plus décente. Dommage…

Comme la semaine précédente, Ryder attendit qu'elle ait verrouillé la porte du studio, puis descendit le vieil escalier derrière elle.

— Je peux vous déposer quelque part? demanda-t-il quand ils sortirent à l'air libre.

Nadia balança son sac en patchwork sur son épaule avant d'en serrer la poignée contre sa poitrine.

— Non, merci. J'habite à deux pas et je préfère marcher. Et puis, j'ai un bon crochet du droit, dit-elle en mimant un mouvement de boxe.

Puis elle s'éloigna avant de succomber à la tentation.

— Mais vous aimeriez peut-être prendre un café?

Bon sang! Nadia se mordilla la lèvre en ordonnant à son cœur de se calmer.

— Merci, mais je n'en bois jamais! A la semaine prochaine!

Elle s'avança sans se retourner, certaine qu'il la regardait. Elle sentait ses grandes mains glisser sur son dos, ses reins, ses cuisses, ses mollets, ses chevilles…

Le cœur battant la chamade, Nadia se demanda si elle avait bien fait de refuser sa proposition. Pourquoi ne pas s'autoriser une aventure sans lendemain, après tout?

En effet, pourquoi pas. Mais pas avec Ryder. Car il avait prouvé sa capacité à la déstabiliser. Et à quelques semaines à peine de la plus importante audition qui se soit jamais présentée à elle, Nadia ne pouvait perdre le contrôle de son corps. Ni de ses émotions.

Soudain, sa solitude lui parut insupportable. Au même instant, elle trébucha dans une ornière et poussa un juron étouffé.

Les embûches la guettaient dans l'ombre. Si elle n'y prenait garde, elle tomberait dans le piège. Et alors, tous ses rêves tomberaient en poussière.

3.

Des éclairs colorés zébraient l'obscurité, la musique se déversait à plein volume sur les corps pressés les uns contre les autres.

Fermant les yeux, Nadia leva ses bras nus au-dessus de sa tête en ondulant des hanches. L'atmosphère était en parfaite harmonie avec ce qu'elle ressentait. Le rythme *funk groove* résonnait dans sa chair, ses os, coulait dans ses muscles et se répandait dans toutes les cellules de son corps. Elle approchait du paradis.

Les pieds bien ancrés au sol, sauf lorsqu'elle se hissait sur les pointes, les franges de son top pailleté d'argent lui caressant le ventre, Nadia s'abandonnait aux sensations exquises qui ondoyaient en elle. Elle imaginait, à la place de l'étoffe, les doigts experts d'un homme aux cheveux de jais et à la voix profonde qui lui prodiguaient ces caresses sensuelles…

Mais puisqu'elle ne pouvait se libérer avec lui du désir qui la consumait, elle l'apaiserait en dansant toute la nuit dans ce club branché de Prahran.

Se rendant soudain compte qu'elle mourait de soif, Nadia se passa les mains sur le visage et se faufila parmi les corps moites pour se diriger vers l'escalier conduisant au bar.

Surprise, elle découvrit que Sam et ses amis y étaient déjà descendus. Installés sur les divans de velours mauve d'une petite alcôve située à l'écart de l'animation régnant dans le bar, ils bavardaient paisiblement.

Lorsque Nadia s'avança vers eux, Sam l'aperçut et se

leva en lui faisant signe. Grande, hypermince, avec de longs cheveux bruns lisses et d'immenses yeux gris, la jeune femme dégageait une beauté tranquille et mystérieuse.

Quand Nadia voulut s'asseoir à côté de Ben, le fiancé de Sam, celui-ci lui fit de la place en disant :

— Attention à ma veste en daim toute neuve, Nadia ! Ne te colle pas à moi, s'il te plaît !

— Tu parles, c'est de l'*imitation* daim ! répliqua-t-elle.

— Tu vois, je te l'avais dit ! s'exclama Sam en souriant, une paille rose entre les dents.

L'autre extrémité de la paille trempait dans un liquide vert vif.

Nadia lorgna un instant le pichet contenant un cocktail avant de s'en verser un verre. Puisque la danse n'avait pas suffi à combler le manque qui lui creusait le ventre, peut-être que l'alcool y parviendrait…

Elle en prit une gorgée et apprécia l'amertume suave, puis s'appuya au dossier en écoutant les voix se répondre autour d'elle. Sam et ses relations étaient les premiers vrais amis qu'elle s'était faits depuis son retour à Melbourne. Avec eux, on pouvait parler de tout et de n'importe quoi, de sujets amusants, insignifiants ou stupides, de choses sérieuses, n'ayant rien à voir avec la danse. Quand Nadia partirait, ils lui manqueraient…

Soudain, Sam poussa un cri en écarquillant les yeux de façon comique, le regard fixé sur un point situé derrière Nadia. Piquée par la curiosité, elle se retourna pour découvrir l'homme aux yeux noisette qu'elle essayait justement d'oublier.

— Ryder, dit-elle, en même temps que Sam.

Puis elle resserra les dents sur sa paille turquoise, de crainte de se trahir en faisant une remarque stupide.

— Le grand architecte en personne ! fit Ben en se soulevant pour tendre la main à son futur beau-frère.

Ryder s'avança et se pencha pour serrer la main tendue, frôlant Nadia au passage. Ensuite il salua tout le monde en souriant avant d'arrêter son regard sur elle. Un éclat doré traversa ses yeux sombres tandis que Nadia croisait les jambes dans l'espoir d'endiguer la coulée de lave qui sourdait au plus intime de son corps.

Il s'était changé, portant un jean noir et une veste à la fois stylée et décontractée. Dessous, Nadia aperçut un T-shirt vert olive moulant qui faisait ressortir sa musculature, mais aussi la nuance mordorée de ses yeux.

Aspirant la paille entre ses lèvres, elle avala une longue gorgée de liquide vert.

— Je suis contente que tu sois venu ! lança Sam. Ce sont mes supplications qui ont fini par te convaincre ? Ou la perspective de danser... Il faut que tu danses avec Nadia. Rien ne vaut un entraînement « en vrai » !

Nadia mordit dans sa paille. Ça alors, voilà que Sam jouait les entremetteuses, à présent... Toutefois, si elle l'arrêtait dans sa lancée, elle devrait s'expliquer. Or, jusqu'à maintenant, Nadia avait réussi à ne parler de ses projets à personne. Ni aux gens du studio, ni à sa mère, ni à Sam.

Elle n'avait pas gardé son secret par superstition — à l'inverse de bien des danseurs, Nadia n'avait jamais souffert de ce travers. Sa motivation avait été plus égoïste : elle savait que lorsqu'un projet touchait à sa fin, tout le monde avait tendance à quitter le navire. Or, elle désirait profiter encore un peu de cette ambiance fabuleuse qu'elle partageait avec ses amis : la décontraction, la reconnaissance facile...

— J'avais oublié que tu prenais des cours aussi ! s'exclama Ben à l'adresse de Ryder. Dis donc, il paraît qu'elle t'a fait le coup du collant...

Nadia regarda Ben en ouvrant de grands yeux, mais il se contenta de soutenir son regard d'un air innocent.

— Elle t'a raconté..., dit lentement Ryder.

— *Elle* est assise en face de toi, protesta Sam en suçant sa paille.

Elle se tourna vers Nadia.

— Comment se débrouille mon cher grand frère ? Je parie qu'il veut tout le temps mener la danse !

— Il a du potentiel, répondit Nadia en souriant à son amie. Surtout s'il continue à s'exercer.

— Parce qu'il s'exerce… ? s'exclama Sam, interdite. Non…

Nadia commit l'erreur de regarder Ryder et vit une lueur d'avertissement briller dans ses yeux. Mais il la connaissait mal : son attitude ne fit que la stimuler.

— Sa posture est même excellente, dit-elle en battant des cils dans sa direction. Et son énergie… impressionnante…

La lueur jaillit de nouveau, plus farouche encore, tandis que Nadia sentait son pouls cogner à ses tempes.

Sans détacher son regard du sien, elle continua en s'adressant à Sam :

— En fait, je connais quelques passionnées des concours de danse qui recherchent désespérément des partenaires. Si je leur parle de ton frère…

Un petit muscle tressaillit dans sa mâchoire, puis Ryder enfonça les mains dans les poches de son pantalon, attirant le regard de Nadia sur la partie la plus virile de son anatomie. L'avait-il fait exprès ? Qui sait… Cet homme était une énigme.

Quand elle releva les yeux et croisa les siens, Nadia sentit son cœur battre à un rythme effréné. Au même instant, la voix de Kylie parvint de l'étage et les amis de Sam se levèrent d'un bond tous en même temps avant de se précipiter vers l'escalier.

Stoïque, Ben resta pour surveiller les sacs et garder les places. Avec un soupir, il en profita pour prendre ses aises — en préservant sa précieuse veste en daim toute neuve.

— Vous voulez prendre l'air ? demanda Ryder à Nadia.

Oui, elle en mourait même d'envie.

— Ça ne t'embête pas de rester seul, Ben ?

— Pas du tout ! Je souffle un peu…

— Alors, d'accord, je vous suis, dit-elle en posant son verre sur la table basse.

Elle se leva en passant ses mains moites sur son jean,

puis désigna la terrasse d'un signe de tête. Sans un mot, Ryder s'avança et se faufila parmi la foule avant de dénicher un coin tranquille, près de la balustrade. Nadia s'arrêta près de lui et inspira une bouffée d'air frais. La musique se déversait par les fenêtres, se mêlant aux voix des gens sortis bavarder dehors en sirotant leur bière. En contrebas, la rue bouillonnait encore d'activité et entre les immeubles, on apercevait la gare de Prahran.

— Quand je vous ai proposé d'aller boire un café, commença Ryder sans préambule, pourquoi ne m'avez-vous pas dit que vous sortiez avec Sam ?

Décontenancée, Nadia riposta d'un ton brusque :

— Pourquoi ? Ça vous ennuie ?

Il resta silencieux, mais le petit muscle tressaillit sur sa mâchoire.

— Vous avez peur que je la corrompe, c'est cela ? poursuivit-elle. Bon sang, c'est elle qui a choisi cette espèce de poison vert supposé être un cocktail — pas moi !

Les mains de Ryder se crispèrent sur la rambarde.

— Sam est… spontanée, dit-il en plissant le front. Et elle n'a jamais été très douée pour se protéger. C'est moi qui m'en charge, depuis toujours.

— Peut-être, mais je crois que Ben a pris le relais.

— Ben est intelligent, solide, et il est visiblement fou de ma sœur…

— En effet, ça crève les yeux, l'interrompit Nadia. Aucun homme ne m'a jamais regardée comme il la regarde !

Ryder la contempla en haussant un sourcil incrédule.

— Oh ! j'ai été admirée par le public, reprit-elle avec un geste désinvolte. Enviée par d'autres danseuses et j'ai été… appréciée par certains hommes — mais adorée, non. Jamais !

De toute évidence, il ne la croyait pas.

— Ne vous inquiétez pas, Ryder, poursuivit-elle. Je ne vais pas fondre en larmes. La vie des danseurs est faite de rejets, mais ponctuée de suffisamment de victoires pour entretenir la flamme. Nous sommes résistants et robustes, surtout dans ma famille. Mais ce n'est pas facile d'être forte et adorable en même temps.

Il la contempla un long moment en silence.

— Non, adorable n'est pas le terme qui vous convient, dit-il enfin. Vous êtes tout à fait autre chose.

Nadia se garda bien de lui demander des précisions. Si elle s'aventurait sur ce terrain dangereux, elle ne pourrait pas revenir en arrière, songea-t-elle en posant les mains sur la rambarde pour contempler le paysage nocturne qui s'offrait à ses yeux.

— Ils vont vraiment se marier, n'est-ce pas ? reprit Ryder après un nouveau silence.

— Oui ! s'exclama Nadia, soulagée qu'il revienne à Sam. Vous pensiez qu'ils faisaient semblant ?

— Non. Enfin, si, peut-être…, dit-il en se passant la main sur le visage.

C'était la première fois qu'il laissait entrevoir une faille, réalisa Nadia, le cœur battant la chamade.

— Le grand architecte se sent délaissé par sa petite sœur ? demanda-t-elle d'un ton moqueur.

Comme elle s'y attendait, toute vulnérabilité disparut aussitôt du regard de Ryder tandis qu'il souriait, ses dents blanches tranchant dans la semi-obscurité.

— Ne vous inquiétez pas pour moi, mademoiselle Nadia, le grand architecte est un solitaire confirmé.

— Confirmé par qui ?

— Par toutes les femmes avec qui je me suis impliqué.

Il n'avait pas dit : « les femmes que j'ai fréquentées », ou « connues », mais « les femmes avec qui je me suis impliqué »…

— Je suis un homme déterminé, mademoiselle Nadia. Un travailleur acharné qui passe la majeure partie de son temps sur le terrain ou devant un ordinateur. M'exiler à Belize durant les hivers australiens ne m'a jamais attiré, et je ne suis pas un adepte du travail à distance. Alors, c'est un homme épuisé qui rentre souvent dans sa garçonnière à la fin de ses journées bien remplies…

— Sa garçonnière aux murs couverts d'affiches montrant des femmes en Bikini chevauchant d'énormes... motos ?

Il ne tiqua même pas.

— Non. Mais c'est une fichue bonne idée ! Je prends note.

— C'est bien ce que je pensais, répliqua Nadia en haussant un sourcil. Et pourtant, après avoir eu sous les yeux ce magnifique exemple d'indépendance et de détermination, votre sœur a basculé du mauvais côté... Lâchez prise, Ryder ! Votre petite sœur est devenue adulte — vous allez devoir trouver quelqu'un d'autre à protéger...

Etait-elle allée trop loin ? se demanda-t-elle en voyant Ryder se figer. Mais soudain, un sourire provocant se dessina sur sa bouche sensuelle, tandis que ses yeux pétillaient d'un bel éclat mordoré.

Le visage fermé et neutre, il était d'une beauté stupéfiante. Mais quand il souriait, Ryder Fitzgerald devenait irrésistible.

— J'oubliais ! dit-elle soudain en faisant claquer ses doigts. Je sais à qui appartient l'immeuble où se trouve le studio !

— Ah oui ?

— J'ai son nom et son numéro de téléphone dans mon sac. Faites-m'y penser tout à l'heure — ou mardi prochain... si le cours de ce soir ne vous a pas découragé pour de bon...

— La première fois, vous m'avez demandé d'ôter ma veste. La deuxième, vous m'avez persuadé de me débarrasser de ma chemise. Je ne voudrais surtout pas manquer la troisième.

— Très drôle...

— Je fais de mon mieux.

Nadia sourit, puis frissonna. L'air s'était sérieusement rafraîchi...

Sans un mot, Ryder défit sa veste et la lui posa sur les épaules. Lorsque Nadia en resserra les pans, elle sentit aussitôt sa chaleur virile l'envelopper.

— Merci, dit-elle en s'efforçant de prendre un ton dégagé.

A votre service.

Le sourire qui ourla ses lèvres fit naître une sensation inconnue dans la poitrine de Nadia. Cela ne lui était pas arrivé souvent que quelqu'un lui offre ainsi sa chaleur. Encore moins qu'on se mette à son service.

Sa mère était partie alors qu'elle avait deux ans et elle n'avait jamais connu son père. Quant à la grand-mère qui l'avait élevée, elle aurait pu décrocher sans difficulté le titre de championne nationale de l'indifférence.

Avec le recul, Nadia avait compris que pour son ex, elle avait été une sorte de camarade, charmante et sympathique, plutôt qu'une compagne indispensable, précieuse. Et elle avait vécu avec lui pendant deux ans.

Ce soir, un type sublime venait de lui passer sa veste — et alors ? Il avait dit lui-même qu'il était né galant… Et pourtant, Nadia la tenait serrée sur sa poitrine pour conserver la douceur de son geste le plus longtemps possible.

— Notre rencontre dans ce club est-elle due uniquement au hasard, Ryder ?

Il la regarda un moment, les yeux brillants dans la pénombre, puis secoua la tête.

— Sam vous a dit que je serais là, n'est-ce pas ?

Cette fois, bref hochement tête.

— Et vous êtes venu pour me décourager d'être son amie ? Ou pour une autre raison…

Ryder poussa un juron étouffé, puis, sans lui demander sa permission, referma la main sur la nuque de Nadia et l'embrassa.

Un éclair traversa son cerveau tandis que sa bouche ferme prenait possession de la sienne, et des étincelles jaillirent partout en elle. Nadia se sentait fondre, littéralement : ses membres se liquéfiaient et toutes ses résistances se voyaient réduites à néant. Elle se retrouvait à nu, exposée.

Ryder dévorait sa bouche avec art et passion, fermeté et douceur, avidité et lenteur, son corps musclé épousant peu à peu le sien. Nadia posa une main sur son épaule, l'autre autour de sa taille, avant de la glisser sous l'ourlet de son T-shirt. Sa peau était brûlante. Ryder poussa une plainte contre ses lèvres, et Nadia la recueillit en s'ouvrant à lui, à sa chaleur, à son désir.

— Ryder ? Oh… pardon…

Avant que Nadia n'ait eu le temps de réaliser ce qui se passait, Ryder la repoussa en disant d'une voix rauque :

— Sam… Qu'y a-t-il ?

— Nous partons et je voulais te demander… Non, rien, excuse-moi…

Nadia repoussa une mèche de sa joue et regarda son amie, mais celle-ci baissa les yeux.

— Que voulais-tu me demander, Sam ?

— De me raccompagner. Mais tu es occupé, alors je vais prendre un taxi — pas de problème. Amuse-toi bien et on s'appelle bientôt, O.K. ?

— Tu vas chez Ben ?

— Euh… Non. Chez moi. Ben prend l'avion tôt demain matin : il va à Sydney pour son travail. Alors je rentre seule. Je lui ai dit que je le laisserais dormir, mais il ne me fait pas confiance…

— Je t'emmène, dit aussitôt son frère.

Un sentiment atroce d'abandon envahit Nadia. Horrifiée par sa propre réaction, elle recula de deux pas, fit glisser la veste sur ses épaules et la tint au bout de son index replié. Elle voulait forcer Ryder à la regarder, à s'excuser. Bon sang, qu'il ait au moins l'air désolé !

Mais ce fut autre chose qu'elle découvrit dans ses yeux : un désir ardent, sauvage. Ils n'en avaient pas terminé, tous les deux, comprit Nadia en sentant une chaleur liquide se répandre entre ses cuisses.

— Tiens, dit-elle d'une voix rauque. Je vais aller me réchauffer sur la piste.

Il plissa les yeux, entrouvrit les lèvres, mais resta silencieux. Déterminée à refouler les sensations qui la submergeaient, Nadia lui lança sa veste qu'il attrapa au vol.

Puis, après lui avoir adressé un bref salut de la tête, il se détourna.

— Excuse-moi…, murmura Sam avant de suivre son frère.

Non seulement elle n'avait pas à s'excuser, mais Nadia lui devait une fière chandelle. Si son amie n'était pas arrivée à temps, elle aurait risqué de perdre complètement la tête et d'enrouler ses jambes autour des hanches de Ryder…

Quand ils eurent disparu, elle quitta la terrasse, traversa le bar et rejoignit les danseurs.

Mais au lieu de se joindre à eux, Nadia s'arrêta au bord de la piste. Cette fois, elle ne trouverait pas ce dont elle avait besoin dans la musique et la danse.

Pivotant sur ses talons, elle se dirigea vers la sortie.

— Ben dis donc ! Toi et Nadia…

Sans réagir davantage à la deuxième remarque de Sam, du même style que la première, Ryder jeta un coup d'œil dans le rétroviseur et rétrograda en voyant le feu passer au rouge.

— Allez ! J'avais compris que vous étiez follement attirés l'un par l'autre, avant même de vous trouver en train de vous embrasser… Et je ne suis pas la seule à l'avoir remarqué, crois-moi !

Ryder se maudit en silence. Qu'est-ce qu'il lui avait pris ? Cela faisait des années qu'il n'avait pas embrassé une femme dans un club ! Il avait maintenant horreur de ce genre d'exhibition, préférant de loin l'intimité. Et pourtant, Nadia Kent avait réussi à faire rejaillir en lui ses instincts les plus primaires, lui faisant oublier tout ce qu'il avait appris. Il se passa la main sur la nuque en se demandant jusqu'où les choses auraient pu aller s'ils n'avaient pas été interrompus… Bon sang, le simple fait d'y penser l'excitait !

— Reconnais au moins qu'elle est fabuleuse ! soupira Sam.

Non seulement sa sœur était fiancée, mais elle avait

perdu son innocence depuis un bout de temps. Cependant, Ryder n'avait pas l'intention de partager ce qu'il pensait de Nadia Kent avec elle.

Le feu passant au vert, il appuya sur l'accélérateur tandis que le véhicule bondissait sur l'asphalte.

— Elle a été fantastique avec Ben et moi, poursuivit Sam, intarissable. Ces préparatifs sont tellement stressants ! Nous voulions quelque chose de simple, mais tout a pris des proportions insensées, sans même que nous nous en rendions compte !

Elle soupira de nouveau.

— Mais dès que nous arrivons au studio, plus de stress : il n'y a plus que nous deux. Nadia sait être discrète, tout en créant une atmosphère délicieusement romantique.

Nadia, discrète ? Ryder n'aurait certes pas choisi ce terme pour la décrire…

— Entre nous, Ben et moi appelons notre cours hebdomadaire *Les Préliminaires du jeudi soir*, ajouta Sam.

Ryder retint un juron et serra les mâchoires. Mais lorsqu'il risqua un coup d'œil du côté de sa sœur, il vit qu'elle le regardait en souriant.

— Ryder…, reprit-elle d'un ton soudain grave. Je suis une grande fille, à présent. Alors, ne te sers pas de moi comme d'une excuse, cette fois-ci.

— Qu'est-ce que tu…

— Tu as onze ans de plus que moi, Ryder, l'interrompit Sam avec calme. Tu devrais être marié et avoir au moins trois enfants ! Tu crois que je ne sais pas ce qui t'en a empêché ?

— Ne t'inquiète pas : je n'ai jamais laissé personne m'empêcher de faire quoi que ce soit !

— Tu en es sûr ?

Il resserra les doigts sur le volant. Ses obligations envers sa sœur n'avaient jamais représenté un sacrifice pour lui. Au contraire, le fait que sa réserve ait été prise pour de la réticence lui avait servi auprès des femmes. Car il ne désirait pas s'engager, et pour des raisons bien moins altruistes que ne le pensait Sam.

— Je ne me suis jamais privé de quoi que ce soit à cause de toi, affirma-t-il d'un ton posé.

— Tout cela, c'est à cause de papa ! répliqua-t-elle d'une voix sombre. Tu ne peux pas le laisser régenter ta vie, Ryder. C'est exactement ce que tu m'as dit, des centaines de fois !

Quand il se tourna vers elle, Ryder découvrit avec surprise de la sagesse dans son regard. A quel moment ce changement s'était-il opéré ? Depuis Ben, comprit-il. Sam était spontanée, certes, mais elle n'était plus une gamine.

— J'assume l'entière responsabilité de toutes les décisions que j'ai prises, dit-il lentement. Et chacune a correspondu à un désir.

— D'accord, acquiesça-t-elle en hochant la tête. Et puisque nous parlons de ça…

Bon sang, elle allait lui reparler de Nadia ! pesta Ryder en son for intérieur.

— … je voudrais te dire quelque chose qui me concerne, poursuivit sa sœur, à son grand soulagement. Je sais que tu as toujours tenu à me protéger, pour que je sois heureuse, et en sécurité. Et non seulement je t'en serai toujours reconnaissante, mais je t'aime plus que tu ne pourras jamais l'imaginer, Ryder.

— Je te retourne le compliment, Sam.

— Mais j'ai Ben, maintenant. Il est mon chevalier blanc, mon prince, et grâce à lui, tu pourras être juste mon frère, dorénavant. Au lieu d'être mon protecteur, ma nounou, mon bouclier…

Elle posa sa main sur celle de Ryder, crispée sur le volant.

— Alors au cas où tu aurais besoin de me l'entendre dire, mon grand frère adoré et un peu têtu, je te rends solennellement ta liberté.

Pourtant, sa demande de la raccompagner contredisait sa déclaration… Mais Ryder se garda bien de le lui faire remarquer.

— Libre de sortir à ta guise, continua Sam. D'avoir des amies, de...

— O.K., j'ai compris ! J'ai ta bénédiction pour...

— Tais-toi !

Ryder appuya sur la télécommande pour ouvrir la barrière de sécurité puis engagea la voiture sur la rampe conduisant au garage souterrain de l'immeuble où habitait Sam.

— Ryder..., murmura-t-elle en inclinant la tête sur le côté.

Du coin de l'œil, Ryder vit sa bouche trembler, puis Sam soupira et détacha sa ceinture. Sans ajouter un mot, elle embrassa Ryder sur la joue et ouvrit sa portière avant de se diriger vers l'ascenseur qui montait directement chez elle.

Ryder attendit qu'elle ait glissé sa carte magnétique dans le dispositif de sécurité et que la porte de la cabine soit refermée sur elle avant de faire demi-tour pour quitter le garage.

Quand il referma la porte de sa maison contemporaine à deux niveaux donnant sur la plage, puis déposa ses clés dans la coupe de verre craquelé, il était minuit passé — et il avait encore plus de la moitié d'une semaine de travail devant lui.

Un frémissement nerveux le parcourut, qu'il ignora. Il aimait son job et en tirait d'immenses satisfactions. Mais depuis quelque temps, il se surprenait parfois à désirer... davantage.

Ryder se tourna vers la table à dessin ancienne installée dans un coin de l'immense espace ouvert. Il avait trois ou quatre ans lorsque sa mère l'avait trouvée quelque part, l'avait nettoyée, briquée, puis installée en pleine lumière, dans la maison familiale. A partir de ce jour, c'est là qu'elle s'était installée pour faire ses croquis, noter des idées. Ryder avait dessiné ses premières maisons sur cette même table : des boîtes carrées surmontées d'un triangle en guise de toit. Avec des tas de cheminées, des ailes latérales. Mais jamais de bâtiments très hauts. Pas encore.

Après la mort de sa mère, il avait monté la table dans sa

chambre et ensuite, elle l'avait suivi dans tous ses déménagements. Et quand il avait construit sa propre maison, Ryder avait créé l'espace idéal pour l'accueillir : éclairage parfait, superbe fauteuil ergonomique au dessin ultra-contemporain, mur couvert de rayonnages où il archivait ses plans. Et pourtant, il ne s'en était jamais servi depuis la mort de sa mère.

Ryder se dirigea vers le bar et se servit un scotch avant de l'avaler d'une traite. Le liquide coula dans sa gorge, brûlant, tandis qu'il contemplait Brighton Beach, éclairée par la lune. Tout en revoyant le visage sérieux de Sam quand elle lui avait dit qu'elle lui rendait sa liberté, il essaya d'imaginer ce qu'allait être sa vie, maintenant qu'il n'aurait plus à assumer de responsabilités envers elle.

Car elle avait raison : sa petite sœur était devenue adulte. Ou du moins essayait-elle de le devenir.

Se détournant de la baie vitrée, Ryder alla reposer son verre vide sur le bar. L'alcool n'était pas parvenu non plus à chasser Nadia Kent de son esprit. Cette femme l'irritait, l'intriguait. Quant à l'attirance qui vibrait entre eux, elle était sauvage, passionnée, échappant à leur contrôle. Jamais il n'avait ressenti cela vis-à-vis d'une femme.

Mais il ne succomberait pas à la tentation. C'était grâce à Sam qu'il pouvait se regarder dans le miroir chaque matin sans être horrifié d'y voir la mâchoire de son père. Et s'il se retrouvait maintenant dégagé de ses responsabilités et qu'un gouffre allait bientôt s'ouvrir dans son existence, ce n'est pas une femme qui comblerait ce vide — fût-elle aussi fascinante que Nadia Kent.

D'instinct, Ryder se tourna de nouveau vers la table héritée de sa mère et sentit un frisson le parcourir. Plus il vieillissait, plus il travaillait et réussissait, et moins il était satisfait. En outre, il se demandait si, en dépit de son acharnement à démontrer le contraire, il ne commençait pas à ressembler à son père, le perpétuel insatisfait…

Il songea à sa mère. Puis à la mère de Sam. Même avant

de divorcer d'avec cette dernière, Fitz avait eu quantité de maîtresses !

La nausée lui monta aux lèvres à ce souvenir, mais mieux valait garder à la mémoire l'attitude répugnante de son père envers les femmes. Car Ryder n'était pas certain de ne pas lui ressembler. Par conséquent, il ne prendrait jamais le risque de s'engager avec une femme pour découvrir un jour qu'elle ne lui suffisait pas.

Ryder se laissa tomber dans un fauteuil profond et ferma les yeux, inspira à fond et retrouva aussitôt le parfum qu'il cherchait. Exotique, épicé, chaud. Celui de Nadia.

Ces effluves effaçaient tous les autres. Le goût de sa bouche était unique. La sensation de sa peau faisait encore frémir ses mains. Le souvenir de leur baiser dénouait la tension qui lui étreignait la poitrine.

L'abandon dont Nadia avait fait preuve quand il l'avait embrassée, l'intensité de sa réaction.

Tout en revivant chaque instant, chaque nuance de ce baiser, Ryder se demanda s'il pourrait attendre jusqu'au mardi suivant pour la revoir.

4.

Nadia se mit à arpenter le studio dans l'espoir de se débarrasser de l'excès d'énergie qui bouillonnait en elle, tout en surveillant du coin de l'œil la vieille horloge accrochée au mur.

Répéter le numéro mis au point pour l'audition ne l'avait pas calmée. En fait, sa concentration avait été si superficielle qu'elle avait failli se rompre le cou ! L'une de ses amies danseuses s'était un jour fracturé le poignet après avoir bu deux coupes de champagne. Et même si Nadia n'avait pas avalé une goutte d'alcool, une ivresse encore plus sournoise avait perturbé sa séance.

Depuis que Ryder l'avait embrassée, une semaine plus tôt, elle se réveillait chaque matin après des rêves fous, torrides... Et en proie à une frustration sans nom qui se transformait vite en mauvaise humeur.

Même les tout-petits du cours d'éveil avaient remarqué son état inhabituel et s'étaient cramponnés aux jupes de leurs mères d'un air effrayé. Nadia s'était alors efforcée de se ressaisir, tout en rejetant la faute sur la chaleur suffocante des deux semaines passées.

L'attitude de Sam n'avait pas arrangé les choses. Le jeudi précédent, la jeune femme avait lâché quelques commentaires faussement innocents durant tout le cours, avant de demander en riant à Nadia quelles étaient ses intentions vis-à-vis de son frère.

Comme si elle avait besoin de ça, au moment où elle devait se concentrer entièrement sur son but. Dans moins de deux mois, les producteurs arriveraient en Australie. Et Nadia les attendait, prête, son amour-propre guéri, le corps plus souple et plus résistant que jamais, son ambition retrouvée et aiguisée…

Mais il avait suffi que Ryder Fitzgerald surgisse et l'embrasse pour la transformer en pelote de nerfs, dont la concentration équivalait à celle d'une mouche pataugeant dans le vinaigre !

Eh bien, Nadia allait le lui faire payer ! En le faisant travailler si dur qu'avant la fin du cours, il la supplierait d'avoir pitié de lui.

Enfin, à condition qu'il vienne…

La trotteuse arriva sur le douze : 22 heures pile. Nadia se passa la main dans les cheveux avant de lever les bras au ciel en injuriant l'horloge.

— Tu veux que je revienne plus tard ?

Pivotant sur elle-même, Nadia découvrit Ryder à l'entrée du studio, les yeux fixés sur son ventre nu.

Des sensations brûlantes y naquirent, impossibles à réprimer. A la hâte, Nadia noua les pans de son chemisier sur sa brassière en lycra et redressa les épaules.

— Franchement, tu ne peux pas prendre cinq minutes pour te changer avant de venir ? lança-t-elle en fronçant les sourcils.

Sans dire un mot, il sortit un vieux sac de sport de derrière son dos.

Prise au dépourvu, Nadia désigna le fond de la pièce d'un geste brusque de la tête. Toujours en silence, Ryder s'avança vers la porte de l'unique salle de bains, une main dans la poche de sa superbe veste noire à fines rayures blanches.

Quand il eut refermé la porte derrière lui, Nadia boutonna nerveusement son chemisier. Elle ne pouvait même pas lui reprocher d'être arrivé en retard ! Mais elle trouverait autre chose.

Si elle n'avait pas un dos d'acier et une langue acérée, elle ne serait pas la fille de sa mère. Ces atouts leur avaient causé pas mal d'ennuis, mais elles avaient toujours fini par retomber sur leurs pieds. Claudia, maintenant retraitée et mariée au riche propriétaire d'une importante société minière, vivait avec lui dans un manoir — affreux, certes, mais situé au cœur du quartier ultrachic de Toorak.

De son côté, Nadia avait passé sa vie à grimper toujours plus haut, se contentant des miettes d'attention que sa mère daignait lui accorder de temps à autre. Mais maintenant, elle avait atteint la branche la plus haute, la plus fine, d'où elle allait faire le grand saut. Et personne ne l'arrêterait !

La porte grinça et Ryder réapparut, un cintre à la main, auquel était suspendu son costume plié avec soin. Quant à sa tenue…

Nadia contempla les vieilles baskets, les mollets musclés, bronzés et couverts d'une fine toison brune, les genoux en partie dissimulés sous les franges de son jean coupé sans doute à la va-vite. En haut, Ryder portait un débardeur bleu roi mettant en valeur ses larges épaules.

Quand elle arriva à la hauteur de sa bouche, Nadia déglutit et vit un lent sourire se former sur les lèvres de Ryder.

— Déchausse-toi, dit-elle d'un ton sec en se détournant. Nous ne jouons pas au basket, ici. Je te donne des cours de danse, Ryder, par conséquent tu dois être solide sur ta base, connecté avec la musique, avec ta partenaire, relié au sol. Et avec la chaleur qu'il fait ce soir, tu vas transpirer, crois-moi !

— Transpirer ne me fait pas peur.

— Tu ne diras peut-être plus la même chose dans une heure, riposta-t-elle en se tournant vers lui.

Le sourire de Ryder s'élargit, puis il alla tranquillement déposer son sac à côté de la méridienne avant d'accrocher son cintre à un clou qui saillait du mur. Ensuite, il se débarrassa de ses baskets et les poussa à côté de son sac.

Nadia sourit en son for intérieur. Il allait voir… Et cela lui apprendrait à l'embrasser avant de la laisser tomber comme une vieille chaussette !

S'emparant de la télécommande, Nadia appuya sur une

touche. Cette fois, pas de Norah Jones ni de fox-trot, mais un morceau de *trash metal* des années quatre-vingt, au rythme rapide et violent.

Comme s'il écoutait ce genre de musique tous les jours dès le réveil, Ryder s'avança vers l'endroit habituel, au centre du studio, et se tourna vers elle en lui tendant la main.

Il ne manquait vraiment pas de toupet ! Sidérée, Nadia résista à la tentation. Peut-être allait-elle se contenter de lui marcher sur les orteils… En tout cas, elle chasserait ce sourire sexy de son visage. Parce que si elle ne reprenait pas le contrôle de la situation, tout risquait de dégénérer…

Or, si elle n'était pas entièrement maîtresse d'elle-même le jour de l'audition, tout serait remis en question : son sérieux, sa détermination, sa réputation de danseuse. Et Nadia perdrait toutes ses chances de poursuivre sa carrière au plus haut niveau.

Après avoir augmenté le volume de la musique, elle se dirigea vers Ryder, les mains sur les hanches.

Il la regarda s'avancer, les yeux soudés aux siens, puis les laissa descendre sur son buste, jusqu'à la portion de ventre nu. Avec la même lenteur, son regard remonta, passa entre ses seins et quand il s'arrêta sur sa bouche, Nadia eut du mal à ne pas s'humecter les lèvres.

Le cœur battant la chamade, elle n'y tint plus, saisit la télécommande et coupa la musique.

Le silence qui s'ensuivit parut plus dense encore.

— Pourquoi m'as-tu embrassée l'autre soir ! explosa-t-elle.

Les yeux étincelants, Ryder attendit quelques secondes avant de répliquer :

— A ton avis ?

Nadia serra les dents en poussant un juron étouffé.

— Evidemment, j'aurais dû m'attendre à ce genre de réponse…, dit-il. Très bien, une autre question : pourquoi as-tu répondu à mon baiser ?

— Par politesse.

A ces mots, il éclata de ce prodigieux rire de gorge qui passa sur la peau de Nadia comme un souffle tiède.

— Toi ? Tu es tout sauf polie ! s'exclama-t-il.

— Tu te trompes, je sais être polie — lorsqu'il le faut.

— Et sinon ?

— Sinon, tant pis !

Cette fois, le rire de Ryder fut plus doux, plus intime. Nadia le sentit s'insinuer dans ses veines en une coulée de miel chaud qui se répandit dans tout son corps.

— De toute façon, lança-t-elle d'un ton désinvolte, peu importent mes raisons. Ce qui compte c'est que cela ne se reproduise plus.

— Je peux savoir pourquoi ? demanda-t-il en s'avançant vers elle.

Question simple, à laquelle les réponses ne manquaient pas. Mais quand Ryder se rapprocha, les yeux brillant d'un éclat brûlant, elle sentit sa chaleur virile se propager en elle.

Le souffle court, Nadia le regarda s'arrêter devant elle. Un désir fou la saisit de faire passer son débardeur par-dessus la tête de Ryder et de caresser son torse musclé, sa toison bouclée, avant de l'entraîner avec elle sur le parquet pour apaiser le feu qui la consumait depuis une semaine.

Ryder la prit par la taille et l'attira vers lui. Des effluves mâles et musqués lui assaillirent les narines, si intenses que Nadia retint un gémissement.

Se raccrochant à ses dernières défenses, elle sortit la télécommande de sa ceinture et appuya sur la touche « Play », puis souleva les mains de Ryder. Mais au lieu de suivre ses indications, il esquissa le pas trop tôt, la déstabilisant. Au moment de tourner, il recommença, devançant la musique au lieu d'attendre la consigne.

— Tu as peut-être l'habitude de diriger, dit-elle en le foudroyant du regard, mais dans ce studio, c'est moi le chef. Tu crois que ton ego peut le supporter ?

— Je croyais que c'était l'homme qui était censé conduire.

— A condition qu'il sache ce qu'il fait ! Mais en attendant, c'est mon job. En plus, je dois veiller à ce que tu ne te blesses pas.

— Pourtant, j'ai l'impression que cela ne te déplairait pas…

— Et moi qui pensais être douée pour dissimuler mes sentiments…

Nadia s'interrompit tandis qu'ils se regardaient dans les yeux, le cœur battant à un rythme sauvage.

— C'est le meilleur moyen de choper un ulcère de l'estomac, fit Ryder en haussant un sourcil.

Décontenancée par sa remarque, Nadia éclata de rire.

— Bon, un peu de sérieux, maintenant, dit-elle d'un ton sévère

Elle leva la main pour compter sur ses doigts.

— Un : plus de figures à la *Saturday Night Fever* ; deux : plus de flirt ; trois : plus de petit jeu de déshabillage — et enfin : plus de baisers.

— Dommage, j'avais bien aimé celui de l'autre soir, répliqua-t-il d'un air faussement contrit.

Les mains sur les hanches, Nadia souffla pour chasser une petite mèche qui lui tombait sur le front.

— Tu regrettes de t'être laissé persuader de prendre des cours de danse ?

— A chaque instant.

— Eh bien, il y a au moins un point sur lequel nous sommes d'accord, dit-elle en jetant un coup d'œil à l'horloge. Au fait, c'est le moment d'écouter la chanson que Sam a choisie et sur laquelle elle aimerait que vous dansiez tous les deux.

— Pas de problème.

Nadia sélectionna la chanson de Norah Jones en retenant un sourire.

— Je te montre la petite chorégraphie qui va avec ?

Une lueur inquiète traversa furtivement les yeux de Ryder.

— Pas d'acrobaties, promis, dit Nadia. Juste un porté, tout à la fin. C'est un peu difficile, alors si tu penses que tu n'y arriveras pas…

— Je vois que tu as décidé d'exercer tes instincts sadiques sur moi, ce soir ! Et je me demande bien pourquoi…

— Je ne suis pas quelqu'un de doux.

— Il ne s'agit pas de cela, répliqua-t-il en fixant de nouveau sa bouche. Tu sais au contraire te montrer très douce…

— Et toi, tu triches.

— Il faut bien s'amuser un peu…

Lorsque ses yeux vinrent se planter dans ceux de Nadia, elle vit une étincelle malicieuse y pétiller. Mais il y avait aussi de la chaleur, dans son regard. Et une détermination farouche.

— Tu es sûr que tu es prêt à essayer ?

— Je brûle même d'impatience.

Très bien…, songea Nadia en frappant dans ses mains pour ponctuer ses consignes.

— Genoux en ligne ! Epaules en arrière !

Quelques minutes plus tard, ils transpiraient tous les deux tandis que la chanson choisie par Sam ruisselait dans le studio et que les ventilateurs ne suffisaient pas à rafraîchir l'atmosphère.

Mais Nadia ne ralentit pas la cadence. Surtout que Ryder réagissait comme elle le souhaitait. Il était grand et un peu maladroit mais, quand il cessait de vouloir maîtriser ses instincts et se laissait aller, sa grâce naturelle prenait le dessus.

Elle bougea légèrement pour mieux adapter son corps au sien, et cette fois, ils bougèrent ensemble. Avec la lenteur et la douceur voulues, en suivant le rythme de la musique.

— Bien…, approuva-t-elle avec un petit hochement de tête.

La chanson les enveloppait, les notes de piano répondaient aux accents rauques du violoncelle, accompagnant la voix de la chanteuse qui virevoltait dans l'espace, à un rythme de plus en plus soutenu. Nadia entraîna Ryder en avant et quand il la ramena en arrière, le mouvement fut si naturel qu'elle le laissa faire. Et lorsqu'il descendit sa main sur ses reins, jusqu'à ce que leurs ventres se retrouvent soudés, elle ne résista pas davantage.

Quand il fit glisser les bras sur ses flancs en un geste qui ne ressemblait pas vraiment à une figure de danse, Nadia ne s'y opposa pas non plus. La musique les entraînait tous les deux, les coupant du monde.

Un éclair illumina soudain le studio, suivi d'un grondement de tonnerre. Les lampes s'éteignirent, les ventilateurs ralentirent puis s'immobilisèrent. La musique s'était tue, elle aussi. Il y avait déjà eu des orages les jours précédents, mais c'était la première fois que l'électricité ne revenait pas aussitôt.

Le silence s'installa, lourd, épais. La lune répandait ses traînées claires sur le parquet. Nadia aurait pu en profiter pour mettre un terme au cours, mais ni elle ni Ryder ne s'arrêtèrent de danser.

Elle avait même appuyé son visage contre le torse musclé de son partenaire, refermé les doigts sur son T-shirt. Nadia tressaillit en sentant le menton de Ryder se poser doucement sur le dessus de sa tête, fondit lorsque ses mains glissèrent sur sa taille, puis sous la ceinture élastique de sa jupe.

Ce qui se passait était de la folie pure. Et complètement à l'inverse de ce qu'elle avait prévu. Les sensations qui la parcouraient étaient merveilleuses. Tout cela lui avait tant manqué ! réalisa Nadia. Ce contact charnel, leurs chaleurs mêlées. Se sentir appréciée. Désirée. Et à chaque mouvement de leurs corps, ces ondes fabuleuses qui naissaient, frémissaient, se déployaient…

Sans réfléchir, elle se haussa sur les pointes, passa les bras autour du cou de Ryder et posa sa bouche sur la sienne. Ses lèvres étaient chaudes, moites, offertes. Leur goût délicieux.

Lorsque la langue de Ryder chercha la sienne, Nadia s'abandonna à la chaleur liquide qui se répandait en elle et se laissa aller contre lui. Aussitôt, il lui posa une main sur la nuque tandis que l'autre descendait sur ses reins.

Après s'être écartée légèrement, elle saisit son débardeur pour le faire passer par-dessus sa tête. Sa peau dorée luisait dans la pénombre. Pas étonnant qu'elle ait été en aussi petite forme durant toute la semaine ! Comment aurait-elle pu fonctionner normalement après avoir goûté à cet homme divin ?

A cet instant, il lui prit les poignets et la regarda, le petit muscle tressaillant dans sa mâchoire. Un frisson délicieux parcourut Nadia. Toute cette chaleur… Cette force… Elle posa ses lèvres sur la toison brune et moite et les laissa glisser sur son torse. Sa peau avait un goût de sel enivrant, aphrodisiaque…

Les mains de Ryder se refermèrent sur ses épaules puis glissèrent sur l'étoffe. Lentement, il défit les boutons, dénoua les pans, les écarta, et laissa tomber le chemisier sur le parquet. Puis, avec la même lenteur, il saisit la brassière de lycra et la remonta sur ses seins tandis que Nadia levait les bras pour l'aider à l'en débarrasser.

Il pencha la tête et effleura son épaule nue du bout de la langue, descendit sur sa gorge, ses lèvres caressant sa peau avec un art qui laissa Nadia sans souffle. Mais lorsqu'il titilla un mamelon gorgé de désir entre ses dents, elle se mit à trembler et enfouit les doigts dans ses cheveux pour s'y agripper.

Ryder se redressa et reprit sa bouche avec passion. Il prenait, exigeait, donnait, accueillait… Abandonnée, perdue, Nadia n'était plus qu'instinct et sensations.

Un son sourd vibra dans sa tête, se répercutant dans tous ses sens. Et ce ne fut qu'à la troisième vibration que Nadia réalisa qu'il s'agissait d'un téléphone.

Lorsque Ryder s'écarta, elle se raccrocha à lui en fermant les yeux. Ils n'en avaient pas encore terminé. Au contraire, leur étreinte ne faisait que commencer.

Il tressaillit contre elle, mais ne prit pas les lèvres qu'elle lui offrait. Rouvrant les yeux, Nadia rencontra son regard sombre et torturé. Le désir y brûlait, farouche, formidable, si intense qu'elle en fut effrayée. Mais aussi follement excitée.

Hélas, au lieu de l'étendre sur le parquet et de s'abandonner au désir, Ryder la repoussa avec douceur.

— Je dois répondre, dit-il d'une voix rauque.

— Il est presque 23 heures, répliqua Nadia, le souffle court.

— C'est justement parce qu'il est presque 23 heures que je dois répondre.

Il lui tourna le dos et se dirigea vers l'endroit où il avait suspendu ses vêtements et sortit le portable de la poche de sa veste. En proie à un tremblement incontrôlable, Nadia referma les bras sur son buste tandis qu'il murmurait quelques mots avant de mettre fin à l'appel. Ensuite, il décrocha le cintre portant ses vêtements et se retourna vers elle.

— Je dois m'en aller.

Nadia inspira à fond, lentement, en ordonnant à son cœur et à sa libido de se calmer. Il ne pouvait pas lui faire ça !

Laissant tomber ses affaires, Ryder vint vers elle en poussant un juron, la prit par les bras et pencha son visage vers le sien.

— Rendez-vous demain, dit-il d'une voix sourde. Pour reprendre ce que nous avons dû interrompre.

— Je ne suis pas disponible, répliqua Nadia entre ses dents.

— Même le soir ?

— Non. Mais là, maintenant, je suis libre…

Ryder serra les mâchoires, son regard flamboya, puis, à la stupeur de Nadia, il leva la tête pour regarder les poutres qu'il aimait tant. L'instant d'après, il lui lâchait les bras, ramassait ses affaires et partait en murmurant quelque chose signifiant en gros que les femmes semblaient vouloir sa peau.

— Salaud ! cria Nadia quand la porte se referma sur lui.

En proie à une rage incroyable, elle se mit à arpenter le studio en faisant claquer ses talons sur le parquet. S'il n'avait pas été aussi tard, elle aurait appelé Amelia sur-le-champ et lui aurait demandé de trouver un autre professeur pour s'occuper de ce fichu Ryder Fitzgerald ! Elle le ferait dès le lendemain matin. A la première heure.

Mais en attendant…

Nadia s'étira les bras au-dessus de la tête, au maximum, secoua la tête, puis dansa au son de la pluie qui tambourinait sur les vitres. Elle dansa jusqu'à ce que la sueur lui coule dans les yeux et lui brouille la vue. Jusqu'à en perdre le souffle. Jusqu'à ce que son cœur lui martèle la poitrine et que ses jambes ne puissent plus la porter.

L'électricité n'étant toujours pas revenue, elle effectua les tâches de routine du mieux qu'elle put et quitta le studio.

Quand elle franchit la porte de l'immeuble, l'orage était terminé. Et la voiture de Ryder avait disparu.

Nadia refoula les émotions contradictoires qui se bousculaient en elle, noua son écharpe légère sur sa gorge, puis s'avança dans la ruelle déserte.

Lorsque, aux premières lueurs de l'aube, Ryder prit l'allée privée menant à sa maison de Brighton, il tomba sur un coupé bleu électrique lui bloquant presque le passage.

Furieux, et irrité de ne pas avoir pris le temps de remettre son costume — il portait encore la tenue ridicule qu'il avait emportée au studio pour se moquer de Nadia —, il pila à côté du coupé.

— Qu'est-ce que tu veux, Fitz ?

Par la vitre baissée, son père contempla la maison dont Ryder avait lui-même dessiné les plans et dont la façade de stuc blanc aux larges baies vitrées dominait Port Phillip Bay.

— Ce à quoi j'ai droit, répondit son père. Je…

— Je sais ce que tu as essayé de faire ce soir, le coupa Ryder. Fiche-lui la paix, une fois pour toutes !

Son père eut le culot d'éclater de rire.

— Ne sois pas ridicule : Sam est ma fille !

— Et tout père digne de ce nom respecterait la décision de sa fille !

— Tu oses me parler de respect ? C'est un peu fort… Non seulement elle t'a choisi pour la conduire à l'autel à ma place, mais elle ne m'a même pas invité à son foutu mariage. C'est plutôt moi qui devrais réclamer un peu de respect, non ?

Bien sûr, songea Ryder en serrant les mâchoires. Il aurait dû se rappeler que son père ignorait la notion même de respect.

Fitz se pencha par la vitre en arborant ce sourire qui semblait faire craquer toutes les femmes.

— Allez, fils. Interviens en ma faveur — c'est ton devoir, de toute façon.

Ryder enfonça une main dans la poche de son short improvisé, puis posa l'autre sur le rebord de la vitre baissée. Il retint un sourire en voyant son père reculer.

— Mon devoir ? Et le tien, tu y songes, de temps en temps ? Sam t'a offert plus d'occasions de te conduire en père que tu ne le méritais. Et maintenant, ta douce fille unique va se marier — et contrairement à toi, elle envisage de ne le faire qu'une seule fois. Alors, après pas mal de questionnements, elle a décidé de passer ce grand jour avec la famille de Ben, leurs amis, sa mère, et moi. Voilà. Parce que même si elle t'aime — Dieu sait pourquoi —, elle se rend compte que si tu es là, tout tournera autour de toi.

Lorsque Fitz laissa échapper un petit rire méprisant, Ryder leva la main et pointa l'index vers son visage.

— Et si tu possèdes un tant soit peu d'affection pour elle, tu te plieras à son désir et tu resteras tranquille. Parce que si jamais tu as le culot de débarquer, si tu lui envoies un message, si tu oses ne serait-ce que penser à elle ce jour-là…

Avant de commettre un acte qu'il regretterait ensuite, Ryder prit une profonde inspiration et se redressa, puis laissa retomber son poing sur le toit du coupé.

Cette fois, Fitz comprit l'avertissement et démarra dans

un crissement de pneus avant de disparaître au tournant de l'allée.

Lorsque le bruit du moteur cessa, Ryder ferma les yeux en s'efforçant de dominer le tumulte qui se bousculait en lui. Soudain, la petite voix familière résonna dans son esprit, l'exhortant à faire mieux, à réussir davantage, toujours davantage, de façon à prouver à son père qu'il se trompait…

Cela faisait des années que Ryder ne l'avait pas entendue avec une telle netteté.

Il revit le jour où, au cours de son stage, son père était apparu sur le chantier et l'avait toisé avec mépris. A ce moment-là, quelque chose avait basculé en Ryder. Sa sensibilité s'était retrouvée comme endormie, anesthésiée. Et son ambition s'était au contraire aiguisée.

Immobile au milieu de l'allée, il regarda les nuages rose orangé se déployer dans le ciel à l'horizon. Le cœur battant à tout rompre, il s'efforça de dompter les émotions qui se déchaînaient en lui. Et cette fois, son père n'était pas le seul responsable du chaos qui régnait dans sa tête et dans son corps.

Car au lieu de rester maître de lui-même, il venait de jouer avec le feu. Une sorcière avait jeté un charme puissant sur lui, qui s'infiltrait en des endroits qu'il pensait inaccessibles à jamais. Elle avait percé ses défenses, menaçant l'équilibre vital qu'il s'était imposé depuis des années.

Et quelques instants plus tôt, alors que, face à son père, il aurait dû tout mettre en œuvre pour défendre Sam, Ryder avait bouillonné de rage à la pensée d'avoir dû s'arracher aux bras de Nadia.

Son père était un salaud, certes, mais son apparition avait été un rappel salvateur.

Peu à peu, Ryder sentit les battements désordonnés de son cœur s'apaiser, sa respiration reprit son rythme normal, tandis qu'il refoulait le flot dérangeant au plus profond son être.

Le calme était revenu en lui, merveilleux, miséricordieux.

5.

Tout en parcourant les allées du Queen Vic Market, Nadia regretta soudain de ne pas avoir le permis de conduire.

Alors qu'elle n'avait même pas encore acheté le vin, ses sacs débordaient déjà de provisions et pesaient de plus en plus lourd…

Après s'être arrêtée devant l'étal où étaient alignées les bouteilles aux étiquettes colorées, Nadia tendit le cou pour voir le prix de celle qu'elle avait repérée, puis recula pour laisser s'approcher trois vieilles dames souriantes suçant des caramels achetés un peu plus loin. Au même instant, elle frémit en reconnaissant la haute silhouette virile qui s'avançait dans l'allée.

Ryder Fitzgerald.

Elle n'eut pas le temps de réagir, ni de s'enfuir : il avait tourné la tête de son côté et l'avait aperçue.

Une expression de surprise parcourut ses traits, puis il la regarda en fronçant les sourcils.

Résistant au désir de tourner les talons et de s'enfuir, Nadia resta immobile en le voyant s'avancer dans sa direction. Elle redressa les épaules, souleva le menton, en pensant à sa tenue : jean *skinny*, ballerines plates rose fuchsia, haut sans manches et fine écharpe de soie. Quant à ses cheveux qu'elle aurait dû laver la veille, elle les avait relevés à la hâte en chignon flou. Par ailleurs, Nadia ne s'était pas maquillée, se contentant de se passer du baume protecteur sur les lèvres. Elle n'était donc pas vraiment à son avantage…

Alors que de son côté, Ryder était… sublime, comme d'habitude. Pas rasé, l'air plus ténébreux que jamais, les cheveux soulevés par la brise, vêtu d'un jean noir et d'un T-shirt gris souris, il était tout en larges épaules et hanches étroites, et dégageait un charme inné.

— Bonjour, Nadia, dit-il de cette voix profonde qui la faisait vibrer de la tête aux pieds.

— Salut !

— Tu fais ton shopping ?

— Oui. Je n'ai plus qu'une bouteille de vin à acheter.

Il baissa les yeux sur ses sacs débordant de provisions.

— Tu attends des invités ?

— Non.

Son regard remonta sur son ventre plat, faisant naître dans son corps toutes sortes de frissons déplacés.

— Bon, je ferais bien de me dépêcher avant qu'il n'ait vendu la dernière bouteille, reprit-elle en s'avançant vers l'étal.

Elle se retourna vers Ryder qui, bien sûr, l'avait suivie.

— Et toi, tu profites de ce beau temps pour faire tes petites courses ?

Il leva la main et sortit une amande grillée d'un sachet transparent avant d'en glisser une dans sa bouche.

— Les meilleures de Melbourne…, dit-il en se passant le bout de la langue sur les lèvres.

Le souffle court, Nadia s'efforça de ne pas songer à ce que ces lèvres, cette langue savaient faire…

— Il faut le croire, si tu viens jusqu'ici pour les acheter.

Un sourire dansa dans les yeux de Ryder, faisant bondir le cœur de Nadia.

— Et comment vas-tu, depuis ton départ précipité du studio ? demanda-t-elle d'un ton sarcastique.

— J'ai été très occupé, répondit-il d'une voix neutre.

— Ryder, j'ai demandé à ma directrice de te choisir un autre professeur.

Il eut l'air dérouté, avant de se ressaisir aussitôt, comme

s'y attendait Nadia. Ryder Fitzgerald était maître dans l'art de l'esquive…

— Dois-je m'attendre à être accueilli à coups de fouet, mardi prochain ?

— En fait, les autres profs refusent de donner des cours particuliers aux hommes après 22 heures, répliqua Nadia en essayant d'attirer l'attention du marchand.

— Donc, c'est toujours toi ma *prof* attitrée ?

Elle inspira lentement. En vérité, Amelia avait eu tellement de mal à trouver une remplaçante que Nadia avait fini par lui dire qu'elle continuerait à s'occuper de Ryder. De toute façon, elle était déterminée à cesser tout rapprochement entre elle et son élève.

Son caviste préféré — un Français charmant âgé de quatre-vingts ans — se tourna vers elle avec son habituel sourire chaleureux.

Après un échange de propos aimables, Nadia acheta sa bouteille de vin puis, souriant encore, se retourna pour constater que Ryder l'observait. Une énergie brûlante émanait de toute sa personne tandis qu'il la regardait, les bras croisés sur son torse musclé.

— Je n'enseigne pas pour m'amuser, Ryder, dit-elle en soutenant son regard. Il s'agit de mon travail, de ma vie. Je continuerai à te donner des cours à une condition : quand nous sommes dans le studio, tu fais ce que je te dis de faire, et rien d'autre.

— D'accord, acquiesça-t-il sans la moindre hésitation.

Mais ses yeux descendirent sur ses lèvres, ardents, comme s'il se remémorait leur goût.

Réprimant un gémissement, Nadia se détourna et s'éloigna avec ses sacs trop lourds.

— Où t'es-tu garée ? demanda Ryder derrière elle.

— Je prends le train.

— Avec ces sacs ?

— Je n'ai pas le choix, répliqua-t-elle en s'efforçant de hâter le pas. Je n'ai pas le permis.

— Ça alors ! Pourquoi ?

— J'ai vécu en ville toute ma vie, alors je n'ai jamais eu besoin de conduire.

Mais lorsque Ryder la dépassa avant de se retourner pour lui prendre les sacs des mains, elle ne put retenir un soupir de soulagement.

— Merci, mais je peux les porter, insista-t-elle assez mollement.

Après avoir contemplé un instant ses doigts rouges, il prit les deux sacs d'une main et s'avança devant elle parmi la foule d'habitués et de touristes venus flâner au marché.

— A mon tour de poser une condition, dit-il.

— Laquelle ?

— C'était dur, mardi dernier. Le lendemain, je pouvais à peine me pencher, au travail.

Nadia éclata de rire.

— Et quel travail fais-tu, qui t'oblige à te pencher ?

— J'ai passé la journée sur un chantier.

— Tu travailles dans le bâtiment, en costume ?

— Je suis architecte, dit-il avec un sourire sexy.

— Ah… C'est pour ça que tu t'intéresses à ce vieil immeuble !

Comme il restait silencieux, Nadia risqua un coup d'œil de son côté et vit que son sourire avait disparu.

— Ce n'est pas dans ce type d'architecture que je travaille.

— Dans quoi travailles-tu, alors ?

— Je crée des gratte-ciel. Immenses, étincelants.

— Il faut bien compenser…

Le rire jaillit de la gorge de Ryder, ses yeux se plissant de mille petites rides qui le rendaient encore plus séduisant. Des femmes s'arrêtèrent et se tournèrent vers lui avec un soupir…

Nadia passa devant elles en haussant les épaules et sortit du marché couvert avant de cligner les paupières, éblouie par les rayons du soleil presque au zénith.

— Ta voiture n'est pas si tape-à-l'œil que ça, pourtant,

lança-t-elle par-dessus son épaule. Pour séduire les femmes, il y a mieux…

— Au contraire, elle a beaucoup de succès, répliqua-t-il en réapparaissant à ses côtés. Tu dis ça parce que tu n'es jamais montée dedans.

— Eh non ! soupira Nadia de façon comique. Je ne fais pas partie des heureuses élues…

Il la regarda, les yeux rieurs et emplis d'un éclat sauvage qui fit naître des petits frissons délicieux au creux des reins de Nadia.

— Tu le regrettes… ? murmura-t-il en se penchant vers elle.

Une coulée de lave se répandit dans son ventre.

— Pas du tout, don Juan. Mais alors, pourquoi ne pas te consacrer à la restauration de beaux vieux immeubles aux poutres sublimes, si ce n'est pas une question de…

Elle baissa les yeux sur son bas-ventre.

— … tu vois ce que je veux dire…

Après l'avoir regardée en battant des cils, il sourit, d'un sourire qui illumina ses traits virils.

— Une fois mon diplôme en poche, j'ai fait plusieurs stages dans diverses grandes entreprises. L'une d'elles m'a proposé un contrat très intéressant et je l'ai accepté. J'ai beaucoup appris chez eux, et vite. Quelques années plus tard, je me suis installé à mon compte.

— D'où les journées bien remplies.

— Tout juste. Ce travail me procure d'immenses satisfactions…

Il s'interrompit et fronça brièvement les sourcils, comme s'il doutait soudain de ce qu'il venait d'affirmer.

— Eh bien, tant mieux pour toi ! lança Nadia. Je suis sûre que tes… tours sont impressionnantes.

Ryder lui décocha l'un de ses regards dont il avait le secret : à la fois moqueur et provocant.

— Et toi, tu aimes enseigner ? demanda-t-il.

— Ça me permet de régler mes factures.

Alors qu'elle s'attendait à un froncement de sourcils

ombrageux, Nadia récolta un sourire, du type de ceux qui s'infiltraient en elle et sapaient toutes ses défenses.

Elle s'arrêta et tendit les mains pour récupérer ses sacs.

— Merci, Ryder, mais je me vais me débrouiller, maintenant.

Le regard indéchiffrable, il resta immobile face à elle.

— Ryder…, fit-elle en claquant ses doigts devant son visage. Réveille-toi…

— L'autre soir, c'était Sam au téléphone, dit-il d'une voix grave. C'est à cause d'elle que je suis parti. Je n'avais pas le choix.

Nadia se sentit rosir jusqu'à la racine des cheveux. Sam, évidemment. Mais pourquoi ne pas l'avoir dit ? se demanda-t-elle avec un frisson d'inquiétude.

— Et… elle va bien ?

— Oui, oui, ne t'en fais pas. Mais ce soir-là, elle était perturbée. Très perturbée, même.

Et de son côté, Nadia n'avait rien remarqué lorsque Sam et Ben étaient venus répéter, le jeudi soir. Décidément, les Fitzgerald étaient doués pour dissimuler leurs émotions…

— Que s'est-il passé ?

— Notre père était venu la voir, répliqua-t-il en se remettant en route.

— Votre père est vivant ? J'avais cru comprendre que… Puisque c'est toi qui conduiras Sam à l'autel…

— Oui, il est bel et bien vivant, mais il ne fait pas partie de nos vies, expliqua-t-il d'une voix sombre. Il a débarqué sans prévenir chez Sam mardi dernier, et lui a fait tout un sermon parce qu'elle ne lui avait pas demandé de la conduire à l'autel, justement. Ça fait tache, tu comprends. Un père qui ne conduit pas sa fille à l'autel et qui n'est même pas invité au mariage… Quand Sam m'a appelé, elle s'était réfugiée dans la salle de bains ; il refusait de partir tant qu'elle ne changerait pas d'avis.

Au fil de son récit, la voix de Ryder était devenue tranchante. Nadia essaya de se représenter Sam enfermée dans sa salle de bains, terrifiée par la présence de son père.

— Ryder, je suis vraiment désolée. Je n'étais pas au courant, pour votre père. Quel sale type…

— Pas la peine de t'excuser. Mais tu es trop indulgente en le traitant de sale type… Mon père est une brute égoïste et impitoyable, possédant en outre le don d'abuser de la confiance de tous ceux qui ont le malheur de s'attacher à lui.

Nadia tressaillit, impressionnée par l'expression lugubre empreignant les traits de Ryder.

— Quand elle m'a appelé, il était… Je l'entendais…

Il s'interrompit pour inspirer à fond.

— Sam avait déjà eu des crises de panique auparavant, mais pas depuis longtemps, et pas d'aussi violentes. Quand je suis arrivé, elle était si mal en point que j'ai dû appeler une ambulance. Il était 3 heures du matin quand elle s'est enfin calmée et que j'ai pu la ramener chez elle. Quand je l'ai quittée, elle dormait paisiblement.

Pauvre Sam ! songea Nadia avec compassion. Et pauvre Ryder. Pendant qu'elle le maudissait en le traitant de tous les noms, il passait des moments difficiles…

— Et Ben, il n'était pas là ?

Ryder se tourna vers elle, avec une telle inquiétude au fond des yeux que Nadia sentit son cœur se serrer.

— Elle ne l'a pas appelé. Elle ne voulait que moi.

— Oh ! non…

— Oui. C'est ce que j'ai d'abord pensé moi aussi.

Après s'être regardés en silence, ils se détournèrent en même temps et se remirent à marcher. De la vapeur montait du sol brûlant, remarqua machinalement Nadia.

Au bout d'une bonne minute, elle se risqua à poser la question qui la taraudait :

— Et ta mère, comment se positionnait-elle, dans tout cela ?

— Elle était… complètement différente, commença Ryder après lui avoir adressé un bref regard. C'était une artiste, elle créait des œuvres à partir de toutes sortes d'objets, ou de fragments d'objets, dont les gens se débarrassaient. Elle réussissait à les transformer en sculptures stupéfiantes.

Après un court silence, il poursuivit :

— Elle a été malade relativement longtemps avant de mourir. J'avais onze ans. Mon père s'est remarié et Sam est née peu après.

Nadia ne demanda pas de précisions. Ce n'était pas nécessaire. Elle les devinait dans la raideur soudaine des épaules de Ryder, dans la tension de sa belle bouche. Son père n'avait pas attendu la mort de sa femme pour coucher avec celle qui allait devenir sa seconde épouse.

— Je n'ai jamais connu mon père, dit-elle doucement.

Il se tourna un bref instant vers elle.

— Ma mère était danseuse elle aussi, continua Nadia. D'après les quelques informations que j'ai réussi à rassembler, je pense qu'il était directeur de ballet, ou faisait partie du conseil d'administration.

Par sa grand-mère, elle avait également appris que sa mère avait séduit cet homme pour faire avancer sa carrière, mais que les conséquences de son acte s'étaient au contraire révélées catastrophiques : plus de solos pour une danseuse étoile enceinte.

— Tu es proche de ta mère ? demanda Ryder.

— Elle vit à Toorak.

Nadia n'avait pas répondu à sa question, bien sûr, et le léger sourire qu'il lui adressa montra qu'il n'était pas dupe. Mais il n'insista pas.

Tout en attendant que le feu passe au vert pour les piétons, elle demanda sans réfléchir :

— Tu as faim ?

Le regard de Ryder plongea dans le sien, incandescent. Visiblement, une autre faim couvait en lui, aussi intense que celle qui dévorait Nadia. Mais il était trop tard pour reculer.

— Rien de fantastique au menu, poursuivit-elle. Des travers de porc avec de la salade et du *cheesecake* en dessert. Sans oublier le très bon vin rouge que je viens d'acheter !

Comme il ne répondit pas tout de suite, Nadia sentit un vide profond se creuser dans son ventre.

— D'accord, dit-il avec ce lent sourire qui faisait sans doute perdre la tête à bien des femmes.

Le feu passant au vert, il traversa la rue et se dirigea vers le parking.

— Tu fais la cuisine, je conduis, poursuivit-il. Si tu peux supporter de voyager à bord de ma voiture « pas si tape-à-l'œil que ça »…

Nadia feignit de réfléchir à sa proposition tandis qu'elle s'efforçait d'apaiser le tumulte d'émotions contradictoires qui s'agitait en elle. Puis, sans prononcer un mot, elle le suivit vers sa voiture.

Assis à la table de la cuisine, en face de Nadia, Ryder la regarda prendre un travers laqué entre ses lèvres et refermer les dents dessus. Les yeux fermés, elle détacha la viande de l'os avec un plaisir manifeste.

Soit elle ne se rendait pas compte de la tentation qu'elle offrait, soit elle savait exactement ce qu'elle faisait et savourait chaque instant de ce petit jeu…

Et comme il commençait à la connaître, Ryder était prêt à parier qu'il s'agissait de la seconde éventualité.

Résistant à grand-peine au désir de renverser la table pour embrasser cette belle bouche pulpeuse, il regarda autour de lui. En fait, l'appartement était aussi mystérieux que son occupante. Alors qu'il l'aurait plutôt imaginée au milieu de couleurs chatoyantes et de lumières tamisées, de sofas recouverts de coussins multicolores, l'endroit était petit, neutre et très peu meublé. Par ailleurs, hormis les quelques photos de danseurs posées sur le dessus de la cheminée du salon, contre le mur blanc, il était dépourvu de toute touche personnelle.

Néanmoins, dans cette cuisine minuscule située juste au-dessus d'une laverie automatique abandonnée, avec le soleil se déversant par la vieille fenêtre, Ryder se sentait incroyablement détendu.

Il contempla Nadia. La première fois qu'il l'avait vue s'avancer vers lui, dans le studio, elle lui avait évoqué une créature de la nuit. Mais à la lumière du jour, sa peau semblait encore plus claire, diaphane, et des reflets auburn et châtains jouaient sur ses cheveux d'un brun soutenu coiffés en arrière et mettant en valeur son cou gracieux. Une jambe repliée sur sa chaise, son pied nu glissé sous sa cuisse, elle paraissait décontractée, heureuse.

A vrai dire, Ryder avait maintenant du mal à se rappeler pourquoi il avait passé les derniers jours à se jurer de prendre ses distances par rapport à elle…

Rouvrant les yeux, elle se passa la langue sur les lèvres et quand elle vit qu'il la regardait, laissa échapper un petit rire terriblement sexy. Le désir monta en Ryder, irrépressible, fougueux, réclamant l'assouvissement.

— Tu t'amuses bien ? demanda-t-il d'une voix rauque.

— Oui, répondit-elle avec un lent soupir.

Puis elle se tourna vers le réfrigérateur.

— Un dessert ?

Ryder secoua la tête. Ce n'était vraiment pas de ce type de dessert qu'il avait envie…

— Et toi ? demanda-t-il.

Quand elle allongea sa jambe non repliée sur le côté en tapotant son ventre plat, il eut un mal fou à retenir une plainte.

— Danser requiert beaucoup d'énergie. Alors, j'en absorbe le plus possible.

Ryder jugea plus prudent de changer de sujet.

— Tu as toujours été danseuse ?

— Oui, quasiment dès ma naissance. C'est une histoire de famille.

— Sur la grande photo posée sur la cheminée, c'est ta mère ?

Elle appuya son menton dans sa paume d'un air rêveur.

— Oui, avant qu'elle ne tombe enceinte de moi. Je l'ai

vue en vidéo : elle dansait avec une telle légèreté que ses pieds touchaient à peine le sol.

— Tu as été danseuse classique ?

A ces mots, Nadia se redressa en écarquillant les yeux.

— Non ! Jamais ! s'exclama-t-elle d'un ton horrifié. Tu m'imagines dans *Le Lac des cygnes*, en tutu et chaussons blancs ?

Oui, sans problème. Et Ryder était prêt à la dévorer toute crue, avec tutu et chaussons s'il le fallait.

— Pour réussir dans la danse classique, il faut posséder une résistance très particulière, poursuivit-elle. Et un contrôle incroyable sur son corps — sur sa vie tout entière. C'est pour cela que la carrière de ma mère s'est effondrée dès qu'elle est tombée enceinte. Et en ce qui me concerne, j'aime trop manger, de toute façon !

Ryder la regarda soulever son verre de vin. Nadia et sa mère ne devaient pas être si proches que cela, finalement. Elles vivaient dans la même ville, mais ne semblaient pas se voir souvent. D'autre part, sa mère n'avait jamais révélé l'identité du père. Et elle avait dû renoncer à sa carrière à cause de la naissance de sa fille…

— Alors, quelle est ta… « spécialité », si c'est le bon terme ?

Un petit sourire arrondit sa bouche sensuelle.

— Je suis… polyvalente, répondit-elle en s'appuyant au dossier de sa chaise. Je ne me suis jamais laissé enfermer dans aucune catégorie, en fait, et j'ai toujours refusé de me limiter à un seul style. J'ai travaillé dans différents clubs à Los Angeles et participé à plusieurs spectacles à Dallas. J'ai fait mes premiers solos dans un spectacle comique, à Broadway, qui a joué à guichets fermés pendant des mois.

— Pas vraiment classique, en effet, fit remarquer Ryder.

— Non. Mais pour en revenir à ma mère, elle avait toujours travaillé aux Etats-Unis, mais quand elle a dû quitter le corps de ballet, elle est revenue vivre à Melbourne — chez ma grand-mère, qui ne possédait aucun humour et était une femme particulièrement sévère.

Ryder resta silencieux, curieux d'en apprendre davantage.

— Maman a essayé de tenir le coup après ma naissance. Mais on ne résiste pas à l'appel de la danse…, continua Nadia avec un sourire ambigu. Alors, elle est repartie aux Etats-Unis, s'est lancée dans le music-hall et y a pris goût. La vie à l'hôtel, les hommes riches… Les fêtes qui lui rappelaient qu'elle était encore jeune et l'aidaient à oublier ce qu'elle avait été autrefois…

Comme pour repousser une vague de tristesse, elle redressa les épaules et sourit.

— De mon côté, je dansais, je travaillais comme une forcenée, et je suis partie aux Etats-Unis à mon tour. Et tu ne vas pas me croire : j'ai travaillé un temps dans la boîte où ma mère avait pris racine ! C'était la première fois que nous travaillions ensemble, et au début, ça a été fabuleux : j'étais sa protégée, nous faisions même un numéro ensemble — les *Kent Sisters*…

Quand Ryder haussa un sourcil, le sourire de Nadia s'élargit.

— Oui, je sais. Hilarant, non ? Mais j'étais heureuse : je dansais et vivais de mon travail comme je l'avais toujours souhaité et cela me suffisait.

— Mais puisqu'elle est de nouveau revenue en Australie, et toi aussi, j'en déduis que cette situation idyllique n'a pas duré ?

Nadia fit tourner son verre presque vide entre ses mains, l'air songeur.

— J'ai fait mon premier solo.

— Ah…

Le verre fut vidé d'un trait.

— Et c'est à ce moment-là que Claudia, ma mère, m'a fait comprendre que j'avais obtenu tous mes engagements parce qu'elle avait passé un coup de fil aux producteurs. Que sans mon nom — ou plutôt son nom — ça n'aurait jamais marché.

Un sourire ironique se dessina sur ses lèvres, mais Ryder surprit la lueur blessée qui traversa son regard. Il perçut la déception, la désillusion. Il reconnut l'instant où l'on réalise que le parent que l'on a toujours admiré et idéalisé se révèle être… bourré d'imperfections.

— Ce jour-là, après une journée assez… éprouvante, poursuivit Nadia, je suis allée passer une audition pour *Sky High*, sans en parler à personne et en empruntant le nom de jeune fille de ma grand-mère. Et j'ai été sélectionnée ! Trois jours plus tard, je m'installais à Las Vegas, après avoir signé un contrat que j'étais sûre d'avoir obtenu par mes seuls mérites. Ça a changé complètement ma vie. C'était un peu comme si j'avais dansé dans des chaussures trop petites toute ma vie sans le savoir. Un vrai bonheur !

Elle termina son récit avec un léger soupir, puis sembla revenir au présent, et à sa cuisine minuscule.

— Excuse-moi ! s'exclama-t-elle en riant. Quelle était ta question, déjà ?

— Je crois que tu y as répondu. Mais encore une : ta mère travaille toujours dans le music-hall ?

Un rire jaillit de la gorge de Nadia, si plein, si riche, et si puissant qu'elle faillit tomber de sa chaise.

— Ryder, si tu la connaissais…, commença-t-elle en reprenant son souffle. Tu comprendrais à quel point c'est drôle — je veux dire à quel point tu es éloigné de la réalité ! Un soir, un riche homme d'affaires australien l'a vue sur scène, l'a enlevée et l'a ramenée à Melbourne avec lui. Elle ne travaille plus et cette fois, c'est moi qui suis revenue à la maison en état de disgrâce.

— Je suis perdu… Mais tu m'intéresses de plus en plus… Qu'avais-tu fait pour tomber en disgrâce ? Tu avais braqué une banque ? Dérobé des secrets d'Etat ?

Soudain, Nadia eut l'air embarrassée.

— Rien d'aussi spectaculaire ni d'aussi excitant, hélas… J'ai rompu avec mon petit ami, quitté mon job et me suis enfuie.

A sa grande stupeur, Ryder sentit un frisson désagréable lui parcourir la nuque. Le simple fait d'imaginer Nadia avec ce petit ami…

— Le pauvre…, dit-il d'un ton neutre.

Une adorable roseur teinta ses pommettes tandis qu'elle roulait des yeux d'un air comique.

— Le pauvre ? Tu parles ! Tu veux que je te dise la vérité ?

— J'en meurs d'envie.

— Pendant un an, j'ai été convaincue que j'étais partie à cause d'une relation amoureuse qui s'était dégradée sans que je ne m'en rende compte. Mais il y a quelque temps, je me suis aperçue qu'en fait, la vie m'avait offert une chance.

Ryder haussa un sourcil d'un air interrogateur.

— J'ai commencé à travailler dans la danse à seize ans, alors je crois que mon corps a protesté. J'avais besoin de faire une pause, de récupérer. Et aussi de mûrir un peu.

Un nouveau frisson traversa Ryder. Quelque chose avait… basculé entre eux. Là, dans la lumière crue de ce petit appartement, tout était plus réel que dans le studio plongé dans l'obscurité soudaine. Mais au lieu d'être déçu par cette nouvelle Nadia, il la voyait briller d'un autre éclat.

— Nadia…

— Oui, Ryder ?

— Je ne trouve pas que tu manques de maturité…

— J'en ai acquis pas mal ces temps-ci, acquiesça-t-elle en lui adressant un lent sourire.

Ryder contempla sa bouche.

— Tu as un peu de sauce au coin des lèvres.

Le bout de sa langue rose en fit le tour avec soin.

— C'est mieux, comme ça ?

— Il y en a encore un tout petit peu, mentit-il en se levant pour se pencher au-dessus de la table.

Elle le regarda en plissant les yeux.

— Ryder Fitzgerald : tu as promis de bien te tenir !

— J'ai promis de suivre tes ordres, au studio. Mais je n'ai jamais promis quoi que ce soit en dehors des heures de cours — et d'ailleurs, tu ne me l'as pas demandé…

Un éclat sauvage lui révéla ce qu'il avait besoin de

savoir. Puis Nadia déplia sa jambe, posa le pied par terre et lui offrit ses lèvres.

Sans plus attendre, Ryder prit sa bouche. Il savait que Nadia serait chaude, mais ce qui le surprit, ce fut la marée incandescente qui le submergea, complètement.

Et lorsqu'elle leva la main pour lui effleurer la joue du bout des ongles, il dut s'agripper à la table pour ne pas renverser celle-ci et allonger Nadia sur le lino.

Elle écarta son visage, puis appuya un instant son front contre le sien avant de redresser la tête.

— Ça va mieux, maintenant ? demanda-t-elle en le regardant dans les yeux.

— Non, au contraire, répondit Ryder d'une voix rauque.

L'instant d'après, Nadia était assise sur la table qui tremblait, tandis qu'assiettes et couverts tombaient avec fracas sur le sol. Mais puisqu'elle s'en moquait, lui aussi !

Il l'attira contre lui. Son corps mince était léger, souple et doux. Nadia était la féminité et la sensualité incarnées, songea Ryder en reprenant sa bouche avec fièvre.

Rien de tendre dans les baisers qu'ils échangeaient : ils étaient voraces, brûlants. Les mains de Nadia se promenaient sur lui, partout, le déshabillant à la hâte. Il se retrouva bientôt nu jusqu'à la taille tandis que les doigts fins et impatients s'égaraient maintenant dans ses cheveux.

Son audace sans limite le rendait fou.

Le cœur lui martelant les côtes, Ryder la repoussa et lui fit passer son top par-dessus la tête. Son ventre plat tressaillit sous ses paumes tandis qu'il aspirait un mamelon durci entre ses lèvres. Ses petits seins ronds et fermes frémissaient, pleins, parfaits. Et très excitants. La sensualité qui exsudait de tout le corps de Nadia lui faisait perdre la tête.

Ryder sentit des doigts tremblant d'excitation se refermer sur la boucle de son ceinturon, faire glisser la fermeture Eclair de sa braguette. Nadia prit son membre dans sa main et le serra doucement, le relâcha, le prit de nouveau avant de le caresser avec un art et une lenteur qui contraignirent Ryder à serrer les mâchoires.

Lorsqu'elle ôta sa main, ce fut seulement pour se débarrasser de son jean qui tomba sur le sol avec une minuscule culotte noire. Et quand Nadia se pressa contre lui, Ryder retint un hurlement sauvage. Le sang pulsait dans ses veines. Il la désirait avec une intensité encore jamais ressentie, avec aucune femme.

— Tu as des préservatifs ? murmura-t-elle.

— Dans mon portefeuille. Poche arrière.

D'une main sûre, elle trouva le portefeuille et en sortit un petit sachet qu'elle déchira avec ses dents en souriant. Puis, sans détacher son regard du sien, elle fit glisser le latex sur son érection. Avec une lenteur délicieuse. Torturante. Insoutenable. Ensuite, elle fit basculer ses hanches et le prit en elle.

L'espace d'un instant, Ryder ne vit plus rien, tandis que le pouls lui battait les tempes et qu'il entendait les petits soupirs de Nadia. Il s'enivrait de sa senteur de femme, savourant la volupté qui montait en lui à chaque coup de reins.

Il accéléra la cadence, incapable d'attendre et pressentant que Nadia allait rapidement s'abandonner dans l'extase. Et quand il sombra, Ryder se répandit en elle avec une telle jouissance qu'il eut l'impression de toucher au paradis.

Lorsqu'il redescendit sur terre, il réalisa que le bras sur lequel il s'était appuyé tremblait. Mais même au plus fort du plaisir, il avait veillé à ne pas écraser Nadia.

Ryder rouvrit lentement les yeux et la regarda. Moite de sueur, sa peau claire était devenue presque transparente, en contraste avec ses épais cheveux bruns maintenant répandus sur la table. Avec ses lèvres gonflées par leurs baisers, ses yeux assombris par la jouissance, elle lui évoqua une déesse païenne de la volupté.

Soudain, il se demanda si elle avait joui, elle aussi...

— Tu as...

— Pas encore, dit-elle en contractant ses muscles intimes autour de son membre.

Gagné par un vertige, Ryder referma les yeux. Au même instant, Nadia arrima une jambe sur son épaule et creusa les reins en haletant. Elle pensait jouir en se servant de lui, sans le faire participer…, comprit-il. Eh bien, elle se leurrait !

Il la reprit dans ses bras. Aussitôt, il sentit son membre se durcir en elle et donna un coup de reins.

Puis il pencha la tête pour enfouir son visage dans le cou de Nadia, savourant les effluves de son parfum naturel, si sensuel, si féminin… Il laissa glisser ses lèvres sur sa gorge et sa main sur son genou, entre ses cuisses… Au moment précis où sa bouche se refermait sur son sein, Ryder trouva le bourgeon secret où palpitait le désir de Nadia.

Quand il donna un nouveau coup de reins, elle poussa un cri, les ongles si profondément enfoncés dans le dos de Ryder qu'il ressentit une douleur vive. Mais celle-ci se fondit dans la volupté.

Tout en titillant la pointe de son sein du bout de la langue, il caressait du pouce le cœur secret de sa féminité. Il la sentit trembler, vibrer, puis fondre. Une chaleur insensée se propagea alors en lui. Nadia s'abandonnait, totalement. Et de son côté, il lui offrait tout, pour la faire jouir. Elle, et seulement elle.

Lorsqu'elle fut apaisée, Ryder s'enfonça alors au plus profond de son intimité et connut à son tour une extase si intense, si absolue qu'il poussa une plainte rauque et se sentit tomber dans un puits sans fond.

Epuisés, ils restèrent tous deux immobiles, jusqu'à ce que leurs souffles aient repris leur rythme normal.

Lorsque Nadia bougea, Ryder se surprit à frémir en elle. Quand il se retira, il sentit aussitôt une sensation de perte l'envahir. Incroyable, la vitesse avec laquelle il s'était habitué à son corps, à son odeur intime. Il désirait déjà la reprendre, encore et encore. Enfin, peut-être pas tout de suite, se dit-il en sentant ses muscles protester.

Machinalement, Ryder regarda le désordre qui régnait sur le lino : les assiettes en morceaux, la fourchette fichée sous une plinthe, la coulée de sauce sur la porte du placard… Peu importait, car ce qu'il venait de vivre avec Nadia avait été fabuleux, explosif, extraordinaire !

Nadia se redressa et lui passa un bras autour de la taille avant de déposer des petits baisers brûlants sur sa poitrine.

— Pas mal…, murmura-t-elle.

— Merci.

Son rire s'insinua en Ryder, coula dans tout son corps, puis il la regarda se laisser glisser au bas de la table et se planter devant lui, nue. Elle était superbe, divine, avec ses hanches minces, ses cuisses fuselées, ses petits seins haut perchés aux adorables pointes rose framboise, son ventre rond et ferme…

— Une douche ? demanda-t-elle. Mais comme il n'y a pas beaucoup d'eau chaude, il va falloir la partager.

Un élastique entre les dents, elle leva les bras pour rassembler ses cheveux sur le dessus de la tête et attendit sa réponse.

Elle connaissait son corps, se sentait parfaitement à l'aise, et savourait le plaisir qu'il lui procurait, comprit Ryder en l'observant.

— Tu viens ? demanda-t-elle avec un sourire malicieux.

Sans répondre, il la souleva dans ses bras et l'emporta sur son épaule tandis que son rire résonnait à ses oreilles.

— Où est la salle de bains ? beauté fatale, dit-il avant de déposer un baiser sur l'une de ses ravissantes fesses.

Riant de plus belle, Nadia fit pivoter son pied pour pointer un orteil vers la porte située en face de celle la cuisine.

6.

Installée dans un café de Fitzroyd Street, en plein cœur du quartier branché et populaire de St. Kilda, Nadia sirotait son cocktail tout en écoutant Sam évoquer les préparatifs de son mariage. Et en réprimant un frisson chaque fois que son amie mentionnait son frère.

Vingt-quatre heures après leur étreinte torride, elle gardait encore la sensation des mains de Ryder sur son corps, de sa langue, ses lèvres...

— Nous voulions quelque chose de simple, poursuivit Sam, mais tout semble échapper à notre contrôle...

— C'est ton mariage, Sam. Laisse-toi aller et autorise-toi un peu de folie !

— Sûr, approuva la jeune femme sans enthousiasme.

— Ryder m'a raconté ce qui s'était passé l'autre soir, dit-elle doucement. Avec ton père.

— Il t'en a parlé ? demanda Sam, l'air à la fois soulagé et surpris.

— Oui. Et ça va, depuis ?

Sam posa sa main sur la sienne.

— Je vais bien, Nadia, ne t'en fais pas. L'autre soir, ç'a été horrible, c'est vrai. Mais cela m'a convaincue que j'avais eu raison de couper les ponts avec lui. Comme mon frère a eu l'intelligence de le faire il y a des années ! A propos de Ryder, il t'a vraiment parlé de papa ? Je n'en reviens pas...

— Il ne t'a pas dit que nous en avions discuté ? répliqua Nadia d'un ton faussement détaché.

— Bien sûr que non ! s'exclama Sam en roulant des yeux. Il se comporte avec moi comme si j'étais une poupée de porcelaine ! Mais bon, je comprends pourquoi. Quand sa mère est morte, il était si jeune… Et notre père étant… ce qu'il est, Ryder veille farouchement sur ce qui compte pour lui.

Sam reposa sa main sur les genoux en soupirant.

— Ne le lui dis pas, surtout, mais la seule raison pour laquelle j'organise tout ce tralala, la robe blanche et le reste, c'est pour lui offrir la possibilité de me conduire à l'autel. Moi, j'aurais été ravie d'épouser Ben sans rien ni personne. Mais Ryder a toujours fait preuve d'un tel dévouement envers moi, tu comprends… Alors j'ai pensé qu'en lui permettant de me confier symboliquement à Ben, je lui donnais la permission de me laisser partir.

Nadia hocha la tête en silence, tout en songeant à ce que Sam avait dit un peu plus tôt : Ryder veillait farouchement sur ce qui comptait pour lui.

Or, elle ne comptait pas pour lui, justement. Pas de la façon dont parlait Sam. Même s'il y avait eu quelque chose de possessif dans sa façon de lui faire l'amour : sur la table de la cuisine, sous la douche, puis contre la porte d'entrée avant que Ryder ne finisse par s'en aller, sans qu'ils ne parlent d'une éventuelle prochaine fois.

— Alors, toi et mon frère…

Nadia remarqua que Sam l'observait avec attention, le menton appuyé sur sa paume ouverte, un sourire malicieux aux lèvres.

— Pardon ?

— Tu avais l'air si rêveuse… Je connais cette expression, Nadia. Je la vois sur le visage de Ben tous les jours.

Nadia prit son verre et le porta à ses lèvres en se creusant la tête pour trouver la réplique adéquate.

— Enfin, je suppose que c'est à Ryder que tu penses, vu que la dernière fois que je vous ai vus ensemble…

A ces mots, Nadia s'étrangla avec sa bière et toussa, puis reposa son verre avec précaution.

— Qu'est-ce qui te fait croire qu'il s'agissait d'autre chose que d'un simple moment d'égarement ? demanda-t-elle en se passant la main dans les cheveux.

— Je connais mon frère, Nadia. Il est comme les immeubles qu'il crée : grand, fort, invulnérable. C'est la première fois que je le vois fasciné au point de ne pouvoir le dissimuler. Et c'est toi, qui le fascines…

Les paumes soudain moites, Nadia se força à refouler la panique qui la gagnait.

— Sam, je ne voudrais pas faire éclater ta bulle, mais il n'y a absolument rien entre Ryder et moi. Enfin, pas de la façon dont tu l'entends.

Elle s'interrompit, sachant que ce qu'elle allait dire risquait de compliquer sa relation avec Sam.

— Je suis revenue m'installer temporairement à Melbourne, Sam. Dans quelques semaines, les producteurs du nouveau spectacle de *Sky High* viendront en Australie pour faire passer des auditions à quelques danseurs triés sur le volet. J'en fais partie.

Le visage ovale de Sam se décomposa.

— Ryder est au courant ?

— Ne t'inquiète pas, Sam. Je n'aurais jamais accepté de vous donner des cours, à toi et Ben et à tous tes invités, si je n'avais pas été sûre de pouvoir m'occuper de vous jusqu'au bout.

— Si mon frère était là, il dirait que tu viens de faire une superbe démonstration de mauvaise foi, répliqua lentement Sam en la regardant dans les yeux.

Nadia déglutit avec peine, puis leva les mains en signe de reddition.

— Non, je ne lui en ai pas parlé, c'est vrai, soupira-t-elle. Ni à aucun de mes élèves, d'ailleurs.

Son amie lui décocha un regard perspicace que Nadia comprit trop bien : elle n'entretenait pas tout à fait la même relation avec les autres élèves qu'avec Ryder…

Pourquoi s'était-elle abandonnée avec lui ? Qu'avait-il de différent des autres hommes à qui elle avait donné des cours et qui lui avaient fait des avances ? Et pourtant, il y en avait eu plus d'un !

Ryder était d'une beauté somptueuse, certes, et incroyablement sexy. Mais Nadia commençait à comprendre qu'il nourrissait par ailleurs une ambition farouche et maniait l'ironie avec un art redoutable. C'était un homme compliqué, et dangereux pour elle, Nadia le pressentait.

Soudain, Sam leva le bras pour appeler le serveur et lui commanda deux autres bières.

— Je vais te dire encore une chose, mais ce sera la dernière, Nadia. Ryder préférerait qu'on lui arrache les ongles à la pince plutôt que de parler de notre père à quelqu'un d'autre que moi — ce qu'il ne fait qu'à ma demande. Ce n'est que l'une de ses innombrables qualités, et les femmes qui ont partagé sa vie ont beaucoup de chance. Et même si je ne sais pas ce qui peut en résulter, la femme qui l'intéresse maintenant, c'est toi, Nadia. Et tu serais bête de ne pas en profiter.

Nadia prit sa serviette en papier et s'essuya les mains pour dissimuler le tremblement qui les agitait. En effet, dans la nuit, elle s'était laissée aller à penser la même chose : que ce qu'elle vivait ici et maintenant n'avait rien à voir avec ce qui l'attendait dans quelques semaines. Et que par conséquent, elle pouvait s'investir à fond dans une aventure passagère avec Ryder.

Mais cela aurait constitué une erreur. Nadia le savait mieux que quiconque : passé et futur étaient inextricablement liés. Et au moindre faux pas, la chute restait toujours possible. Brutale. Voire fatale.

— J'ai toujours voulu danser, Sam. Aussi loin que remontent mes souvenirs. Il y a un an, j'avais un job que j'adorais, dans une ville bouillonnant de vie, d'animation et d'opportunités. Et j'ai tout perdu à cause de…

Elle s'arrêta à temps, avant de dire « à cause d'un type ». Car ce n'était pas la vraie raison.

— J'ai tout perdu parce que je n'étais pas consciente de ce que je possédais, reprit-elle. Je me suis aperçue depuis que, dans la vie, rien n'arrive par hasard. On choisit. Alors je choisis la danse — et je la choisirai toujours.

— Cela compte tellement pour toi ?

— Je ne sais pas ce que je serais sans elle.

Le serveur revint avec leurs deux bouteilles de bière. Lorsque Nadia prit la sienne, elle réalisa qu'elle avait déchiqueté sa serviette en papier.

— J'envie ta passion, dit Sam en regardant les petits débris rouges sans faire de commentaire. Bon, n'en parlons plus ! Et même si tu me fais de la peine, je me réjouis de penser que si nous allons à Las Vegas, Ben et moi, tu nous inviteras peut-être ?

— Bien sûr, Sam ! Tu peux compter sur moi !

Sam laissa échapper un long soupir et ferma les yeux, offrant son visage au soleil. Soulagée d'avoir parlé de ses projets, Nadia l'imita et sentit bientôt des frissons d'excitation parcourir tout son corps. Le fait de s'être confiée à son amie donnait encore plus de réalité à l'avenir qui l'attendait et renforçait sa détermination. Danser représentait son seul but, sa seule ambition. Et s'éloigner de sa mère — le plus loin possible — était indispensable.

Mais à la moindre erreur, au moindre faux pas, tout s'envolerait en fumée…

Ryder tourna la poignée et pénétra dans le studio.

Après la journée qu'il venait de vivre, il était ravi de se retrouver dans un endroit n'ayant rien à voir avec le chantier. Le projet colossal sur lequel il travaillait faisait intervenir toutes sortes d'acteurs et suscitait nombre de problèmes, mais ce jour-là, les difficultés s'étaient succédé à un tel rythme que Ryder avait été à deux doigts d'envoyer paître tout le monde !

En totale opposition avec l'agitation qui avait régné sur le site, l'atmosphère paisible émanant du studio lui procura un calme immédiat. Mais cette fois, il n'adressa qu'un regard distrait aux sublimes poutres soutenant le toit. C'était d'une beauté plus charnelle qu'il avait besoin pour l'instant.

Trois jours s'étaient écoulés depuis cet après-midi torride passé dans le petit appartement de Nadia. Trois longues journées depuis le moment où il l'avait embrassée avant de rentrer chez lui. A son travail. En se persuadant que ce qu'il avait vécu avec Nadia n'était qu'une aventure sans importance et sans lendemain.

Malheureusement, la persuasion n'avait pas vraiment fonctionné… Cette femme le chamboulait, le surprenait sans cesse. Chaque fois qu'ils se rencontraient, elle lui apparaissait différente, chacune des nouvelles facettes de Nadia l'attirant davantage que la précédente, attisant son désir…

Ryder posa son sac sur la méridienne de velours mangée aux mites en regardant autour de lui. Où était-elle? Il se dirigea vers les hautes fenêtres en entendant le parquet craquer sous ses pas.

— Salut!

Il se retourna et vit Nadia, immobile devant les grands rideaux de tissu râpé. Des petites mèches échappées de sa queue-de-cheval bouclaient autour de son visage, ses yeux sombres luisaient et un sourire arrondissait sa bouche pulpeuse. Elle venait de travailler, comprit-il en contemplant son front et ses joues moites. Ryder baissa les yeux sur le top de coton noir, type cache-cœur, la jupe courte, noire elle aussi, le collant résille sans pied et les hauts talons.

— Bonsoir, Nadia, dit-il enfin.

Le front plissé, elle regarda son costume d'un air de reproche.

— Le grand architecte a bien travaillé, aujourd'hui?

— Je n'ai pas arrêté. Et toi?

— J'ai beaucoup travaillé aussi, répondit-elle en faisant rouler ses épaules. Tu veux voir ce que je prépare?

— Bien sûr.

Sans ajouter un mot, Nadia écarta les rideaux, révélant…

Ryder retint un juron et resta figé sur place. Parmi des flots de soie rouge, plusieurs cordes noires pendaient des poutres, et tout là-haut, sous les combles, un cerceau pailleté d'argent étincelait.

— Impressionné ?

Les bras croisés, elle l'observait d'un air à la fois provocant et méfiant. Sur la défensive. Un frisson lui parcourut l'échine. Ainsi, c'était comme ça qu'elle comptait la jouer après leur après-midi torride… La petite prof de danse sexy le défiait, apparemment…

— Je peux te demander à quoi ça sert ? demanda-t-il d'une voix neutre.

Elle posa une main sur sa hanche, en une posture toute de désinvolture et de grâce. Vision assez excitante, d'autant que Ryder connaissait maintenant la rondeur de cette hanche, le goût de cette peau lisse et soyeuse, l'audace de cette bouche aux lèvres pleines, la lumière qui irradiait de ces yeux sombres quand Nadia gémissait sous lui…

— Tu ne préfères pas que je te fasse une démonstration ?

Sans attendre sa réponse, elle dégrafa sa jupe et la laissa choir sur le parquet, ôta ses chaussures et se tint devant lui, en cache-cœur et culotte de danse en Lycra noirs, et collants résille.

Ryder serra les poings malgré lui, les sensations vertigineuses qui le parcouraient menaçant de lui faire perdre tout contrôle de lui-même.

D'un geste gracieux, elle enfila des mitaines de cuir noir, les fixa sur ses poignets par des boutons-pressions, effectua quelques étirements, se passa la plante des pieds sur une serviette étalée sur le sol, fit bouger ses doigts en tous sens, et enfin, se concentra sur sa respiration.

Ensuite, elle tourna le dos et se positionna entre deux cordes qu'elle enroula autour de ses poignets.

— Prêt ? demanda-t-elle par-dessus son épaule.

— Prêt.

Sur son visage à demi tourné vers lui, Ryder vit un sourire. L'instant d'après, les pieds de Nadia se soulevèrent du sol, puis, en rotations expertes des bras et savants enroulements de cordes à l'arrière des genoux, elle flotta bientôt dans les airs.

Il avait toujours été subjugué par la grâce de ses moindres mouvements. Il avait dansé étroitement avec elle. Ils s'étaient enlacés au cours d'étreintes passionnées. Il avait été médusé par la connaissance qu'elle avait de son corps superbe et du contrôle qu'elle exerçait sur celui-ci…

Mais devant ces figures audacieuses, ces arabesques fantastiques, Nadia ne s'arrêtant que pour offrir des poses d'une beauté magique, presque irréelle, Ryder eut l'impression que ses émotions les plus profondes se retrouvaient à vif.

Fasciné, il la regarda continuer son numéro, sans musique, les seuls bruits ponctuant ses mouvements provenant du sifflement ou du bruissement des cordes tandis que Nadia dansait dans l'espace, son corps mince et souple pirouettant au gré d'une chorégraphie savamment orchestrée.

Si elle tombait…

A cette pensée, Ryder sentit son cœur s'arrêter de battre.

Mais Nadia ne commit pas la moindre erreur. Elle savait ce qu'elle faisait — comme d'habitude.

Au même instant, elle se laissa tomber, son corps tourbillonnant sur lui-même tandis que les cordes se déroulaient à un rythme à la fois régulier et fluide.

Une frayeur atroce paralysa Ryder, jusqu'à ce qu'elle pose les pieds au sol, sa queue-de-cheval voltigeant devant une épaule au moment où son corps s'immobilisait.

Ses seins se soulevaient à un rythme saccadé, son cou luisait tandis qu'elle le regardait dans les yeux, provocante.

Pour la première fois de sa vie, Ryder n'était que désir, crainte et avidité. Ses instincts primitifs le possédaient tout entier, impérieux, déterminés à obtenir l'assouvissement.

Lentement, Nadia enroula de nouveau les cordes autour de ses poignets, jusqu'à ce que ses bras se retrouvent au-dessus de sa tête.

— Qu'est-ce que tu en penses ?

Ryder avait atteint un stade où la pensée n'avait plus cours.

— Si c'est l'étape à laquelle je suis censé être initié, dit-il d'une voix rauque, Sam va être déçue…

Une lueur surprise traversa les yeux de Nadia, puis elle éclata d'un rire doux, sensuel, dévastateur…

Quand elle plia les doigts, comme pour se libérer, Ryder secoua imperceptiblement la tête. Le pouls lui battait les tempes, en écho aux battements sourds qui lui martelaient la poitrine.

Et soudain, au lieu de dégager ses poignets, elle enroula les cordes d'un cran supplémentaire en redressant le menton, un éclat farouche incendiant ses yeux de braise.

Ryder franchit la distance qui les séparait en trois enjambées et, prenant son visage entre ses mains, il l'embrassa à pleine bouche. Aussitôt, les cordes entraînèrent le corps mince et chaud de Nadia en arrière, mais Ryder suivit le mouvement sans détacher ses lèvres des siennes.

Toute raison, toute prudence l'avaient déserté. Il avait cette femme dans le sang et jamais il n'avait ressenti de désir aussi violent, aussi absolu, aussi… vital.

Il fit glisser sa bouche sur le cou de Nadia, sur sa gorge, puis se laissa tomber sur les genoux, sans se soucier de la poussière et du vieux parquet. Il possédait des milliers de costumes alors qu'il n'y avait qu'une seule Nadia, menottée dans les airs et offerte au plaisir. A *le*ur plaisir.

Quand il la saisit par les hanches, elle creusa les reins, dévoilant un peu plus de son beau ventre plat. Il caressa la peau lisse, la sentit tressaillir sous sa paume. Sa bouche suivit, déposant des baisers là où avaient passé ses doigts.

Enivré par le parfum unique de Nadia, Ryder leva les yeux et vit qu'elle l'observait. Elle attendait, la bouche entrouverte, les yeux brillant d'anticipation, de désir — et de bravade, comme si c'était elle qui menait le jeu.

Un besoin irrépressible monta alors en lui, de la dompter, de la posséder. De lui montrer qui commandait.

Déterminé à ne pas marcher dans les pas de son père,

Ryder avait passé sa vie à se conduire en homme civilisé, à faire preuve de retenue, en toutes circonstances. Mais cette femme… D'un seul regard, d'un seul balancement de la hanche, d'un infime mouvement des lèvres, elle le mettait à nu.

Confusément, il songea qu'en cédant aux instincts qui rugissaient en lui, il risquait de se retrouver anéanti. Mais il ne pouvait plus s'arrêter. Il était trop tard.

Il glissa ses genoux entre les pieds de Nadia pour les écarter. Elle résista. En vain. C'était au tour de Ryder de diriger.

Les yeux rivés aux siens, il fit rouler sa culotte et son collant sur ses hanches avec une lenteur délibérée. Un petit halètement s'échappa de la bouche entrouverte de Nadia. Elle se mordit la lèvre, essayant de garder le contrôle, mais quand Ryder la sentit trembler, entendit non plus un halètement mais une plainte, il comprit qu'il avait gagné.

Quand le collant arriva au niveau de ses genoux, qu'il caressa l'intérieur des cuisses satinées et qu'elle renversa la tête en arrière, le désir bouillonna en lui avec une telle force qu'il retint un gémissement de douleur.

Les genoux de Nadia cédèrent : à présent, seules les cordes lui enserrant les poignets la maintenaient debout.

Ryder referma les mains sur ses fesses et inspira à fond. Puis il la prit avec sa bouche, ses lèvres, sa langue, léchant, titillant, caressant, suçant tandis qu'elle se tordait de plaisir en poussant de longues plaintes rauques.

Lorsque ses tremblements atteignirent le paroxysme, Ryder la fit sombrer dans la jouissance d'une ultime caresse. Ensuite, il n'attendit pas qu'elle reprenne ses esprits.

Se redressant d'un mouvement leste, il dénoua son cache-cœur et aspira un mamelon gonflé entre ses lèvres tout en lui prenant la taille, presque durement.

Nadia se mit à pousser des petits cris et lorsque le plaisir l'inonda de nouveau, elle referma les jambes autour de Ryder pour le serrer contre elle.

Sans savoir comment, il eut le réflexe de se protéger,

avant d'écraser sa bouche sur celle de Nadia en même temps qu'il la pénétrait d'un vigoureux coup de reins.

Fermant les yeux, Ryder sentit le cri qu'elle poussa résonner jusque dans les moindres cellules de son corps. Le beau visage de Nadia avait pris un aspect presque immatériel. Elle était l'incarnation même de la féminité, de la beauté.

Un bonheur incroyable l'envahit à la pensée qu'il était en elle. Son membre la caressait, là, au plus intime de son corps…

La jouissance emporta Nadia comme une houle. Elle cria de nouveau tandis que Ryder s'envolait avec elle dans un lieu encore inconnu et éblouissant. Il s'abandonna, avec un gémissement qui sembla se propager au-delà des murs du studio.

Haletant, il sentit la tête de Nadia retomber dans le creux de son épaule, sentit son souffle précipité lui caresser l'oreille et resta immobile en la tenant contre lui, toujours enfoui en elle, leurs deux cœurs battant l'un contre l'autre à un rythme effréné.

Doucement, Ryder glissa les mains sous les cuisses de Nadia et lui déplia les jambes jusqu'à ce que ses pieds reposent sur le sol. Puis il libéra ses poignets et tressaillit en découvrant les marques rouges, au-dessous des mitaines de cuir. Au même instant, Nadia chancela. Il la recueillit dans ses bras et l'emporta vers la méridienne.

Quand il s'assit, Nadia s'abandonna contre lui, douce et chaude, ses cheveux lui caressant le menton, sa main fine posée sur le cœur de Ryder.

Une quiétude étrange l'envahit et il ferma les paupières en savourant la sensation du corps détendu et confiant, alangui entre ses bras. Au moment où il se demandait si elle s'était endormie, Nadia murmura :

— Ryder…

Il repoussa une mèche humide de son front lisse.

— Oui, Nadia ?

— Je vais m'en aller.

— Je voudrais voir ça !

Ses doigts se crispèrent sur son torse, puis elle redressa la tête et le regarda droit dans les yeux. Une telle détresse se lisait dans les siens que Ryder sentit son cœur se serrer.

— Ce que tu viens de voir fait partie d'un numéro que je vais présenter à une audition. *Sky High*, la compagnie avec laquelle je travaillais, prépare un nouveau spectacle et ils sont en train de former leur nouvelle équipe.

Elle s'interrompit et déglutit.

— La sélection est très dure et peu de candidats seront retenus, mais si je réussis — et je *réussirai* —, je partirai là-bas.

— Et où se situe ce là-bas, précisément ?

— A Las Vegas.

De l'autre côté du globe. Ryder resta silencieux, en proie à une myriade de sensations et de pensées chaotiques.

— Las Vegas…, répéta-t-il.

Peu à peu, tout prenait un sens. La réticence de Nadia à céder à l'attirance qui vibrait entre eux. Son appartement impersonnel… Elle ne s'y était pas installée parce qu'elle n'avait jamais eu l'intention d'y rester.

— Quand ? demanda-t-il.

Sa voix avait résonné d'une nuance étrange, qu'elle perçut, à en juger par la lueur qui traversa son regard.

— Je ne sais pas exactement. Ils ne m'ont pas encore précisé de date et je ne la connaîtrai peut-être qu'au dernier moment.

Un sourire avait accompagné ses paroles, mais ce qui frappait le plus Ryder, c'était la complète immobilité de Nadia. Comme si elle avait craint de trahir ce qu'elle ressentait vraiment dans ses gestes.

— Très bien, répliqua-t-il d'un ton neutre.

Sa réaction dut lui convenir car elle se lova contre lui tandis qu'il lui caressait doucement la lèvre du pouce. Et quand elle leva son visage vers le sien, il se pencha et l'embrassa.

Sentant sa virilité réagir, Ryder songea soudain que le

départ de Nadia serait en fait une bénédiction. Parce que en dépit de ses efforts, il n'arrivait pas à rester éloigné d'elle. Cette femme exerçait un pouvoir stupéfiant sur lui, sur sa libido. C'était la tentation incarnée, elle ravivait les désirs enfouis au plus profond de son être, réveillait l'ouragan intérieur qu'il croyait terrassé pour toujours.

Quant à ce qu'il avait entrevu dans le regard de Nadia ,quand elle lui a annoncé son départ, c'était beaucoup trop périlleux pour qu'il s'y hasarde.

7.

Nadia s'étira en gémissant : son corps avait l'habitude d'être poussé aux limites de l'endurance, mais les deux semaines passées avec Ryder lui avaient fait découvrir des muscles dont elle n'avait jamais soupçonné l'existence.

Elle tourna la tête et contempla l'homme endormi sur le dos, le drap froissé couvrant une cuisse et la moitié de son torse. La lune projetait des rais de lumière blanche sur la fine toison brune qui couvrait son torse.

Cet homme lui faisait découvrir des plaisirs insoupçonnés et avait sapé toutes ses résolutions, l'une après l'autre. Nadia l'avait sous-estimé en acceptant de lui donner des cours particuliers. Tout comme elle avait surestimé sa propre volonté. Chaque fois qu'elle le voyait, elle se disait que ce serait la dernière et chaque fois, sa détermination pliait.

C'était sans doute sa propre faute, se dit-elle de nouveau en caressant du regard les reliefs sculptés du beau visage assoupi. Mais comment aurait-elle pu deviner que sous ses costumes sophistiqués taillés sur mesure, Ryder Fitzgerald dissimulait une nature aussi audacieuse, sensuelle, fougueuse ? Et qu'après leurs étreintes répétées, ce serait elle qui se retrouverait haletante, éperdue et tremblante…

Son seul garde-fou : le compte à rebours qui s'écoulait inexorablement. Ils ne parlaient jamais du mariage de Sam ou de l'audition de Nadia, mais la certitude de la séparation était toujours présente entre eux, palpable.

Nadia leva les yeux vers la paroi de verre qui partait du rez-de-chaussée et s'élevait au-dessus du deuxième niveau de la fabuleuse maison de son amant. Il devait être minuit passé. Le ciel ressemblait à une vaste toile au violet profond sur laquelle se découpait la lune, altière et majestueuse. Si elle voulait dormir un peu, il était temps de partir, songea Nadia en posant les pieds sur l'épais tapis.

Elle se pencha pour ramasser ses vêtements épars et commença à se rhabiller. Cherchant des yeux ses escarpins, elle les aperçut près de Ryder : il avait tenu à ce qu'elle les garde jusqu'au tout dernier moment…

Les soulevant par les brides, elle le regarda une dernière fois, ses lèvres entrouvertes, la mèche de cheveux noirs tombant sur son front, l'ombre brune lui couvrant déjà la mâchoire. Craignant de succomber, Nadia se détourna avec un soupir.

Dix minutes plus tard, elle réserva un taxi par sms en descendant l'escalier circulaire et en admirant de nouveau les stupéfiants volumes créés par Ryder — pour lui seul. C'était évident : planchers de bois franc, murs gris ou blancs, meubles contemporains aux lignes élégantes et sobres…

Nadia contempla le vaste espace ouvert, la cuisine hypersophistiquée à une extrémité et de l'autre côté, le salon aux baies vitrées donnant sur la plage. Dans un coin, un bar de style Arts déco avait été installé, à côté d'un écran de télévision gigantesque.

Par ailleurs, Ryder avait mentionné un garage, une salle de musculation et une buanderie, situés à l'entresol.

Le seul élément échappant à cette atmosphère purement masculine était la belle table à dessin ancienne installée dans l'angle le mieux exposé. Un fauteuil ergonomique ultracontemporain la complétait, le tout formant, en dépit de la différence de style, un ensemble harmonieux. Tout autour, comme pour délimiter concrètement cette oasis d'où émanait un charme étrange et mystérieux, des rayonnages de bois blond couvraient les murs, chargés de plans roulés et d'une quantité inouïe de livres aux dos multicolores.

Visiblement, Ryder Fitzgerald avait hérité du talent créatif de sa mère, songea de nouveau Nadia en admirant l'enchevêtrement, à la fois simple et compliqué, de la charpente métallique soutenant le toit apparent d'ardoise brute.

Ses chaussures sous un bras, Nadia se noua les cheveux d'un geste rapide, puis se dirigea vers le réfrigérateur pour y chaparder une pomme.

Tout en s'avançant à pas de loup vers la porte, elle mordit dans le fruit rouge, produisant un son qui résonna dans tout l'espace. Nadia s'immobilisa en entendant un bruissement d'étoffe.

Sa pomme entre les dents, elle se remit en route et souleva au passage son sac posé dans un fauteuil de cuir. Le plancher craqua sous ses pieds nus ; elle s'arrêta de nouveau, le souffle court. Des pas rapides descendaient l'escalier.

Après avoir repris sa pomme, Nadia se retourna et vit Ryder apparaître au bas de l'escalier, les cheveux ébouriffés, le visage encore endormi. Il avait renfilé son pantalon de costume, mais sans boucler son ceinturon…

Elle releva aussitôt les yeux en refoulant la sensation délicieuse qui envahissait le cœur de sa féminité.

— J'avais cru t'entendre filer en douce…

— Tu ne t'étais pas trompé. En plus, je t'ai volé une pomme.

Il croisa les bras en s'appuyant la hanche contre la rampe.

— Elle est à toi.

Nadia sentit des frissons la parcourir tout entière. Même dans cette attitude décontractée, Ryder dégageait une sensualité farouche, irrésistible, et tellement virile…

— Je te vois mardi soir ? demanda-t-elle en haussant un sourcil.

— Tu peux compter sur moi.

Quand il s'écarta de la rampe et décroisa les bras, Nadia frémit. Un dernier baiser avant de partir… Profond, doux…

Mais après lui avoir lancé un regard indéchiffrable, Ryder lui adressa un bref salut de la tête et remonta l'escalier.

Une sensation vive traversa Nadia. Une vision de fleur

épanouie privée soudain de soleil, de lumière, et se fanant d'un coup.

Se traitant d'idiote, elle haussa les épaules et ouvrit la porte. Au même instant, le taxi apparut au bout de l'allée et, après avoir fait demi-tour, s'arrêta devant elle, prêt à repartir en sens inverse.

Comme il gravissait les marches branlantes le mardi soir suivant, Ryder entendit le rire de Nadia fuser derrière la porte.

Quand il poussa en souriant le lourd panneau de bois, elle se retourna vers lui d'un mouvement vif, le téléphone collé à l'oreille. Une adorable roseur teinta ses hautes pommettes tandis qu'elle posait un doigt sur ses lèvres, avant de lever le pouce pour lui indiquer qu'elle n'en avait plus que pour une minute, puis elle lui tourna le dos.

Ryder laissa tomber son sac à sa place habituelle, s'avança vers Nadia et lui referma les bras autour de la taille avant d'enfouir son visage dans son cou.

Elle essaya de le repousser en lui adressant un regard furieux par-dessus son épaule, mais Ryder se contenta de lui saisir le poignet.

De sa main libre, il caressa son sein à travers le tissu, puis glissa les doigts dessous. Quand il trouva la pointe gonflée et durcie, il laissa échapper une plainte sourde.

Ryder contempla leur reflet dans la fenêtre : sa main sous le haut de Lycra bleu vif, les lèvres de Nadia entrouvertes, son regard étincelant… Penchant la tête, il lui mordilla le lobe de l'oreille sans quitter des yeux la vision excitante que lui renvoyait la vitre.

— Merci pour les infos, dit alors Nadia d'une voix rauque. Et à bientôt.

Puis elle coupa la communication, appuya ses reins contre Ryder en posant la main qui tenait encore le téléphone sur sa nuque et lui offrit ses lèvres.

Il l'embrassa avec fièvre, prêt à la prendre, là, maintenant, sur le parquet nu du studio. Dans la vitre, le double de Nadia le regardait remonter sa brassière sur ses seins. Ils apparurent dans toute leur splendeur, ronds, hauts et fermes. Parfaits. Faits pour ses mains.

Nadia tressaillit contre lui, ses paupières se fermèrent, puis elle renversa la tête en arrière sur l'épaule de Ryder.

Doucement, il caressa le mamelon sous son pouce et le sentit gonfler encore. Mais tout à coup il recula, agressé par la musique qui jaillissait dans son oreille.

Choqué, Ryder se frotta le lobe en foudroyant du regard le téléphone resté dans la main de Nadia.

— Excuse-moi…

— Tu es très demandée, ce soir…, murmura-t-il.

Elle battit des cils d'un air innocent tandis que son téléphone vibrait maintenant dans sa main.

— Tu ne réponds pas ? insista-t-il.

— Pas la peine.

— Pourquoi ?

— Je sais ce que c'est.

— Tu vas me forcer à te poser combien de questions, Nadia, avant de me dire ce qui se passe ? lança Ryder avec agacement.

— Les producteurs seront là dans dix jours. Et je n'aurai même pas besoin d'aller à Sydney : ils viennent à Melbourne. Spécialement pour moi.

Depuis qu'elle lui avait parlé de ses projets, Ryder savait que ce moment arriverait. Cette perspective planait entre eux, même s'ils n'en parlaient jamais. Par ailleurs, il se répétait souvent que c'était mieux ainsi : leur aventure se terminerait de façon nette et définitive, et ensuite, il en aurait fini de jouer avec le feu.

Et pourtant, tout était resté flou et inconsistant tandis que maintenant, la certitude de son départ se faisait plus concrète : dans dix jours, Nadia sortirait de sa vie. Pour toujours.

Il la regarda avec attention. Elle avait détourné les

yeux et son visage avait blêmi. Il l'avait vue farouche, belliqueuse, rebelle. Douce et docile, abandonnée. Il l'avait vue capituler. Mais jamais encore Ryder ne l'avait vue inquiète à ce point.

Lentement, il glissa les doigts dans ses cheveux pour la forcer à tourner la tête vers lui. Les émotions qui se bousculaient dans ses yeux sombres l'atteignirent en plein cœur, avec une telle force qu'il serra un instant les mâchoires pour endiguer le flot.

— Ça va ? demanda-t-il d'une voix douce.

Aussitôt, elle redressa le menton d'un air déterminé, mais Ryder la connaissait, maintenant. Intimement. Il voyait la vraie Nadia, à vif, celle qui l'avait entraîné dans des abîmes vertigineux où il perdait le contrôle de lui-même. La Nadia qui ne pouvait que le mener à la catastrophe. Et pourtant, il ne pouvait détourner son regard du sien.

— Tu es nerveuse, je le sens.

— Bien sûr que je suis nerveuse ! Après leur avoir fait faux bond autrefois, je me présente avec un handicap dès le départ ! Qu'est-ce que je ferai si je rate l'audition ? Si je ne suis pas aussi prête que je le crois et qu'ils trouvent ma prestation médiocre ? Je n'avais pas créé de chorégraphie en solo depuis des années…

Ryder lui massa les tempes sous ses pouces.

— J'ai vu ton numéro, Nadia. Il est stupéfiant, fabuleux ! Et d'une beauté à couper le souffle ! Et s'ils ne te paient pas pour te produire en public, je m'en chargerai !

Il la regarda en haussant un sourcil.

— Mais au fait, je t'ai déjà payée pour te produire devant un public… limité.

Elle éclata de rire, rebelle, sauvage. Ryder pencha son visage vers le sien et effleura ses lèvres des siennes. Voyant qu'elle ne réagissait pas, il recommença et suivit le contour de sa bouche du bout de la langue. Il perçut alors le tressaillement infime qui parcourut le corps de Nadia, puis elle lui ouvrit enfin ses lèvres.

Le baiser fut brûlant, somptueux… Et si long que lorsque Ryder redressa la tête, il eut du mal à reprendre son souffle.

Nadia partageait son trouble, il en était certain. Et pourtant, elle s'en irait. Dans dix jours.

Refoulant les désirs contradictoires qui menaçaient de l'entraîner sur une pente dangereuse, Ryder s'écarta doucement et lui prit la main.

— Au travail, mademoiselle Nadia. Il n'y a pas que vous qui allez être jugée : je n'ai pas l'intention de décevoir les invités du mariage Fitzgerald-Johnson !

Elle lui adressa un regard ombrageux, manifestement frustrée et furieuse qu'il ne lui donne pas ce qu'elle attendait de lui, puis fit rouler son épaule ronde et sortit sa télécommande de la ceinture de sa jupe avant de la brandir d'un air menaçant.

Visiblement, ce cours allait se transformer en punition…

Au moment où ils allaient quitter le studio, Ryder aperçut le sachet de papier brun oublié sur la méridienne. Il le prit et le tendit à Nadia sans dire un mot.

— Qu'est-ce que c'est ? demanda-t-elle en le prenant.

Elle fourra son nez dedans et redressa la tête en battant des cils.

— Des pommes !

— J'ai pensé à toi en les voyant.

— Mais je ne t'en avais volé qu'une — et maintenant, je vais te devoir tout un pommier !

— Je n'ai pas l'intention de réclamer ma dette.

Ils descendirent le vieil escalier l'un derrière l'autre, comme chaque fois, et sans échanger une parole. Mais quand ils furent sortis de l'immeuble, Nadia se tourna vers lui avec un léger sourire.

— Tu es vraiment adorable, Ryder… Comment vais-je survivre à cette séparation ? lança-t-elle avec un soupir exagéré.

Toutefois, il n'y avait aucune ironie dans ses yeux. Au contraire…

Ryder fit tourner ses clés autour de son index avant d'ouvrir la portière côté passager. Le regard de Nadia lui avait transpercé le cœur. Il s'était infiltré au plus profond de lui-même, dans toutes les fibres de son corps…

— Tu crois que je vais te manquer quand tu iras briller sous les feux de la rampe ? demanda-t-il d'un ton désinvolte.

Elle écarquilla un instant ses grands yeux bruns, puis haussa les épaules.

— Pff…

— Tu fais la fière, mademoiselle Nadia, mais si j'employais les grands moyens… Tu pourrais bien ne plus jamais te résoudre à partir.

Elle prit une profonde inspiration, comme si elle manquait soudain d'oxygène.

— Ryder…, commença-t-elle d'une voix vibrante, mais teintée d'une légère menace.

Après un silence, elle poursuivit :

— Je partirai. Je dois partir.

— Je sais.

Un pli creusa son front lisse.

— Mais tu me manqueras quand même, lança-t-elle avant de se glisser sur le siège.

Ryder refoula la sensation de vertige qui le gagnait.

— Idem pour moi, ma belle.

Durant le trajet menant jusqu'à chez lui, ils n'échangèrent plus aucune parole.

— Zut !

— Un problème ? demanda Ryder en levant les yeux de sa tablette sur laquelle il lisait le journal.

Confortablement installée sur le sofa et portant l'un de ses T-shirts trop large pour elle, l'ordinateur portable de

Ryder posé sur ses cuisses nues, Nadia contemplait l'écran en fronçant les sourcils.

Au petit matin, il s'était réveillé en la découvrant blottie contre lui. C'était la première fois qu'elle ne s'était pas éclipsée au cours de la nuit. Apparemment, il n'était pas le seul à se trouver empêtré dans ses contradictions...

— Non. Si. Je ne sais pas ! s'exclama-t-elle en se passant la main dans les cheveux.

— Je peux faire quelque chose pour toi ?

— Oui, à condition que tu aies des contacts au sein de la mafia, répondit-elle avec un sourire en coin.

— Pour quoi faire ?

— Je vais peut-être avoir besoin d'un type costaud.

— Je suis à ta disposition.

Les yeux mi-clos, elle laissa descendre son regard sur le torse de Ryder, son ventre, puis se ressaisit et posa l'ordinateur sur le tapis avant de se radosser au sofa en soupirant.

— Nadia, si tu voulais bien me dire ce qu'il se passe. J'aimerais terminer ma lecture...

Elle leva une jambe et fit tourner son pied en un mouvement gracieux avant de le secouer énergiquement, comme pour se débarrasser d'une tension encombrante.

— J'ai une peur bleue...

Ryder la connaissait bien : elle ne plaisantait pas.

— De quoi ? demanda-t-il avec calme.

— Je pensais qu'il participait à la tournée en Europe, avec l'ancien spectacle, alors je ne pensais même pas à lui. Mais je viens de recevoir un e-mail concernant les auditions : il fait partie du jury. Il va venir ici. Il va me regarder danser. Je suis morte de trouille...

— Tu veux bien me préciser qui est ce il ?

— Mon ex, répondit-elle avec une moue dépitée.

Elle se pencha pour reprendre l'ordinateur, appuya sur une touche et tourna l'écran vers Ryder.

A la vue de ce visage aux cheveux châtains, au teint pâle, aux yeux bleu perçant, Ryder sentit en lui l'aiguillon de la jalousie De plus, ses traits étaient beaucoup trop fins à son goût…

— Il est producteur associé, à ce que je vois, dit-il.

— Oui, apparemment. Il a toujours su comment s'y prendre : il m'a quittée pour la nièce de l'un des producteurs. Alors que moi, je n'étais que danseuse, tu comprends…

Elle s'exprimait d'un ton détaché, mais Ryder voyait à quel point elle avait peur, en effet.

— En plus, c'est un brillant danseur, poursuivit-elle. Sur scène, il a une présence incroyable, unique…

— Comment as-tu pu t'éloigner d'un tel prodige ?

Un sourire moqueur se forma sur la belle bouche de Nadia.

— Si je ne te connaissais pas, je croirais que tu es jaloux…

— Heureusement que tu me connais bien.

— Hum…

Mais lorsqu'elle regarda de nouveau la photo affichée sur l'écran, elle cessa de sourire et referma le couvercle d'un geste brusque. Puis elle se passa les mains sur le visage avant de tourner la tête vers les baies vitrées. Au loin, la surface de l'océan miroitait au soleil.

— Durant tout le temps que j'ai travaillé pour eux, je n'ai jamais révélé l'identité de ma mère, dit-elle sans regarder Ryder. A personne. Mais cette fois, je vais peut-être devoir le faire…

Elle se mordilla la lèvre avant de poursuivre.

— Parce que si jamais je ne suis pas sélectionnée…

Bon sang, comment pouvait-elle ne pas se rendre compte qu'elle était bourrée de talent, et qu'elle dégageait une telle grâce, un tel charisme, que n'importe quel producteur digne de ce nom l'engagerait sur-le-champ ?

De toute évidence, sa mère, justement, était responsable de beaucoup de choses…

— Nadia…

— Oui ?

— Nadia, regarde-moi.

Pour une fois, elle obéit.

— Ne fais pas ça, dit-il.

Un éclair de surprise traversa son regard, puis elle plissa les yeux en le regardant, l'air de se demander comment il osait donner son avis…

— Tu les avais conquis par ton seul mérite, tu peux très bien recommencer.

— C'est très gentil, mais tu n'en sais rien, Ryder.

— Tu te trompes, Nadia. J'en suis certain. Et pourtant, les gens en qui j'ai confiance se comptent sur les doigts d'une main, crois-moi.

Elle déglutit, puis rosit.

— Tu es l'homme le plus incroyable que j'aie jamais rencontré, Ryder Fitzgerald.

A ces mots, Ryder sentit poindre en lui les émotions pernicieuses qui avaient le pouvoir de le remuer au plus profond de son être.

— La preuve que non, dit-il d'un ton neutre en baissant les yeux sur l'ordinateur refermé sur les genoux de Nadia.

Elle soutint son regard, un long moment, dans un silence lourd de non-dits, puis détourna les yeux.

— Oui, tu as raison. Et pour le reste aussi. J'ai cédé à un accès de faiblesse, mais c'est fini. Et cela veut dire que mon numéro devra être si éblouissant, si extraordinaire qu'ils seront obligés de m'engager.

En un mouvement souple et gracieux, elle se leva et déplia son corps mince. Ryder contempla ses cheveux répandus sur les épaules et son dos, ses pieds nus, ses seins dressés fièrement sous le T-shirt qu'il lui avait passé…

Soudain, il réalisa que dans peu de temps, il ne la verrait plus. Plus d'ébats passionnés après ses dures journées de travail. Plus de chaleur, de douceur. Plus d'étreintes ardentes partagées dans son lit immense.

Plus de Nadia.

Heureux que pour une fois, elle ne se soit pas enfuie au beau milieu de la nuit, Ryder l'attrapa par les hanches.

Elle perdit l'équilibre et tomba sur lui en riant, avant de s'installer à califourchon sur ses cuisses.

Le désir fusa en lui, immédiat, incandescent. Fabuleux. Unique. Et lorsqu'il glissa les doigts dans sa somptueuse chevelure brune, le rire mourut sur les lèvres de Nadia.

Non, il n'était pas le seul à compter les jours, les heures, se demandant à chaque baiser si c'était le dernier. Nadia pencha la tête et l'embrassa dans le cou, laissa glisser ses lèvres et sa langue sur sa peau… exacerbant le désir qui le consumait.

Un par un, elle défit les boutons de sa chemise. Sa bouche se fit plus audacieuse, et pourtant il y avait une certaine retenue dans les caresses de ses lèvres, de ses mains.

Le torse nu, le cœur battant à tout rompre, Ryder eut de nouveau l'impression d'avoir l'âme à nu. L'une après l'autre, Nadia avait fait tomber toutes les barrières dont il s'était entouré au fil des années.

Lorsque ses lèvres descendirent sur son torse pour se refermer sur un mamelon, il frémit violemment. Les dents de Nadia mordirent sa chair. La douleur ne dura qu'une fraction de seconde, mais elle fut si vive que Ryder eut l'impression d'avoir reçu un coup de poignard en pleine poitrine.

Et quand Nadia lui caressa les reins tout en se pressant contre son érection, il céda au torrent qui se déchaînait en lui. La culpabilité serait pour un autre jour. Après son départ, il aurait tout le temps de se fustiger…

La soulevant par les hanches, il l'allongea sur le dos, ses cheveux d'ébène se répandant sur les coussins de soie écrue. Ses yeux brillaient comme des diamants noirs, sa bouche pulpeuse était moite, offerte à tous les plaisirs.

Nadia était prête, pour lui. Ryder la prit sans autres préliminaires et lui fit l'amour lentement, doucement, sans détacher un instant son regard du sien.

Quelques instants plus tard, elle jouissait en soulevant les hanches, la tête renversée en arrière, le cou arqué, les mains agrippées aux bras de Ryder. Il la suivit, emporté dans un raz-de-marée si intense qu'il crut ne pas pouvoir regagner le rivage.

Alors qu'ils demeuraient toujours enlacés, Ryder sentit Nadia s'accrocher à lui avec une force proche du désespoir. Il partageait son sentiment, ressentait l'absurdité de la séparation qui allait le dévaster. Ils étaient si bien ensemble… L'harmonie qui les liait était totale. Parfaite.

A ce constat, une alerte se déclencha dans son cerveau, si puissante que tout homme sensé aurait compris qu'il était temps de battre en retraite. De ne pas s'aventurer plus avant dans cette folie.

Reprenant le contrôle de sa volonté, Ryder s'écarta doucement de Nadia.

— Viens, dit-il en la soulevant dans ses bras avant de la reposer sur ses pieds.

— Comment ça, viens ?

— On va faire un tour.

— Tu ne dois pas aller travailler ?

— Non, pas aujourd'hui, mentit-il.

Pour la première fois de sa vie, il manquerait à ses obligations professionnelles.

— Où allons-nous ?

— Tu verras.

8.

Installée devant le volant recouvert de cuir fauve, dans la superbe voiture *vintage* de Ryder, Nadia contempla les cadrans de style rétro, les pédales… et sentit un frisson glacé naître au creux de ses reins puis se répandre dans son dos, sa poitrine, son ventre…

— Tu plaisantes, hein ? demanda-t-elle en se tournant vers Ryder.

— Pas du tout.

— Je t'ai dit que je ne pouvais pas !

— Je n'aurais jamais cru entendre ces mots sortir de ton adorable bouche.

— Eh bien, tu les as entendus, à présent. Je-ne-peux-pas ! Alors, allons à la plage. J'ai un Bikini qui va te…

— Si des gamins de dix-sept ans peuvent conduire une voiture, alors qu'ils ne sont même pas capables de porter un jean leur couvrant les fesses, toi aussi !

Nadia marmonna ce qu'elle pensait de certains hommes de trente-cinq ans en regardant obstinément dans le rétro-viseur. La route était large et depuis cinq minutes qu'ils étaient garés au bord de la chaussée, il n'était pas passé une seule voiture. Et pourtant, la simple perspective de conduire lui donnait des sueurs froides.

Vu les risques qu'elle prenait chaque jour en répétant, son appréhension était ridicule, reconnut-elle en elle-même. Sa peur était irrationnelle, elle s'en rendait parfaitement compte. Mais le fait de devoir se lancer dans l'inconnu sous les yeux de Ryder la terrifiait…

Elle se retourna vers la minuscule banquette arrière avant de le regarder.

— Tu as déjà fait l'amour là-dessus ?

— Ne change pas de sujet.

— Et si j'ai un accident et que je casse ta belle voiture ?

— Eh bien tu pourras dire que tu m'avais prévenu.

— Tu n'en as pas une plus petite ? Plus ordinaire ?

— Je croyais que tu trouvais ma voiture pas si tape-à-l'œil que ça…

— J'ai changé d'avis après être montée dedans.

— Tais-toi, Nadia, et allume le contact.

Prise d'une véritable panique, elle posa la main sur la poignée de la portière, mais Ryder prévint son geste et se pencha rapidement pour lui saisir le poignet.

— De quoi as-tu si peur ?

— De rien du tout !

— Tu peux y arriver sans problème, dit-il avec calme.

Sa voix était profonde, déterminée, mais en même temps indulgente, et dépourvue de la dureté de celle de sa mère qui lui avait pourtant adressé les mêmes mots, des centaines de fois !

A cet instant, Nadia réalisa qu'elle n'avait jamais craint d'être rejetée par des maîtres rompus à la danse. C'était leur rôle et leur droit. Mais être rejetée par un être qu'elle respectait, en qui elle avait confiance, qu'elle admirait…

Ryder. Il ne s'agissait que de Ryder.

Elle ferma les yeux et serra les paupières en déglutissant avec peine. Elle redoutait son jugement. Et elle ne voulait pas échouer devant lui.

Durant les dernières semaines, elle avait baissé sa garde. Peut-être à cause du stress dû à l'audition qui se rapprochait. En tout cas, elle avait découvert des émotions et des sensations inconnues, interdites, car dès son plus jeune âge, Claudia lui avait répété qu'il fallait refouler ses sentiments. Tous : les mauvais comme les bons.

« Fais attention, Nadia. Sinon, ils t'anéantiront. »

Et maintenant qu'elle avait laissé tomber ses défenses,

tout remontait à la surface : la rupture avec son ex, l'abandon de la carrière adorée, la réaction cruelle de sa mère. Alors que Nadia avait cru tout dépasser, elle n'avait fait que refouler sa souffrance.

— Nadia…

Elle secoua la tête. Non ! Concentrée, elle se sentait invulnérable, mais en cet instant, elle avait l'impression d'être une écorchée vive.

Malheureusement, Ryder était aussi obstiné qu'elle. Quand il lui saisit le menton et la força à le regarder, Nadia baissa les yeux sur l'encolure de son T-shirt.

A sa grande surprise, il éclata de rire.

— La première fois que je suis venu au studio, je m'en suis remis à toi parce que j'ai reconnu que tu avais l'avantage de l'expérience. Je conduis depuis des années sans avoir commis la moindre infraction ni eu le moindre accident. Appuie-toi sur moi, Nadia. Fais-moi confiance.

Elle poussa un gémissement irrité en resserrant les doigts sur le volant. Elle était prise au piège.

Lorsqu'elle tourna la tête vers Ryder, que leurs regards se croisèrent, Nadia tressaillit. Celui de Ryder était si intense, si beau, si patient… et si perspicace. On aurait dit qu'il avait compris le combat qui se livrait en elle, qu'il devinait son chaos intérieur.

— D'accord, dit-elle d'une voix rauque. Dis-moi ce que je dois faire.

— Tourne la clé vers la droite, attends que le moteur démarre, appuie sur l'embrayage et passe la première. Ensuite, appuie doucement sur l'accélérateur en même temps que tu soulèves le pied de l'embrayage, et vas-y.

Le front et les mains moites, Nadia suivit ses instructions. La voiture fit un bond en avant puis s'immobilisa.

— Raté, dit-elle, les joues en feu.

— Personne ne réussit à valser du premier coup.

— Moi, si.

— A ce compte-là, je n'ai jamais calé !

Nadia ne put s'empêcher d'éclater de rire et sentit soudain

sa tension se dissiper. Se concentrant de nouveau, elle recommença et réalisa soudain que la voiture roulait…

— Je conduis !

— En effet.

— C'est facile !

— Regarde la route, pas moi !

Horrifiée, Nadia se rendit compte que la voiture allait quitter la chaussée. Aussitôt, elle donna un petit coup de volant et fixa l'horizon comme Ryder le lui avait conseillé. Et quand elle appuya un peu plus sur l'accélérateur, un frisson d'excitation la parcourut.

— Je peux aller jusqu'où ?

— Tu as l'autorisation de faire de la conduite accompagnée ?

— Bien sûr que non !

Prise d'un accès de panique, elle lâcha volant et pédales…

Ryder saisit le volant en poussant un juron et braqua juste avant que la voiture ne quitte la route, puis serra le frein à main.

— Dans ce cas, nous ferions mieux de ne pas nous approcher des lieux habités : des écoles, de la police, et des gens en général.

La voix de Ryder avait été ferme, mais quand Nadia se tourna vers lui, elle découvrit qu'il souriait.

— C'était fantastique ! s'exclama-t-elle en riant. Qu'est-ce qu'on fait, maintenant ?

— Nous allons déjeuner — mais c'est moi qui conduis, dit-il en ouvrant sa portière.

Quand il arriva de son côté, Nadia le regarda en plissant les yeux.

— J'ai l'impression que nous sommes *Bonnie and Clyde*…

Sans dire un mot, Ryder lui tendit la main. Nadia la prit et sortit de la voiture avant de réaliser que ses jambes tremblaient. Aussitôt, il l'aida à reprendre son équilibre.

— Alors, quel effet ça fait de conduire ?

— Tu as remis ta vie entre mes mains, répliqua-t-elle en posant ses paumes sur son torse chaud. Quel effet ça fait ?

— Rien de spécial. C'est comme d'habitude.

— Oh…

La brise tiède lui soulevait les cheveux, le soleil caressait ses épaules nues, les yeux noisette de Ryder plongeaient au plus profond de son âme, de son cœur, faisant naître des sensations bien trop troublantes…

— Merci pour cette leçon, Ryder.

— C'était la journée idéale pour apprendre à conduire.

C'était lui qui disait cela ! Lui qui travaillait tellement qu'il n'avait pas le temps de passer se changer avant d'aller au studio, à 22 heures !

— Dis-moi la vérité, Ryder, répliqua-t-elle en riant. Je suis sûre que tu avais une idée derrière la tête…

Un éclat métallique traversa son regard.

— Peut-être.

Ses yeux descendirent jusqu'à ses lèvres avant de se planter dans les siens.

— Tu possèdes des réserves que tu ignores, Nadia. Et tu n'as pas besoin de la permission de ta mère pour t'envoler.

— Ryder…, murmura-t-elle en sentant son sang se figer dans ses veines.

— Dis-moi que tu le sais.

Il ne souriait pas. Il la regardait d'un air grave, sérieux. Il croyait en elle, comprit Nadia. Totalement. Et il la croyait capable de réussir en dépit de la présence de son ex.

— Oui, je le sais.

Des étincelles jaillirent partout dans le corps de Nadia, pétillantes, merveilleuses. Elle se sentait soudain invincible.

Cédant à son instinct, elle se haussa sur la pointe des pieds, referma les doigts sur les solides épaules de Ryder et l'embrassa. Mais quand ses mains chaudes lui caressèrent les seins, Nadia sentit une douleur atroce lui transpercer la poitrine, si violente qu'elle crut ne pas pouvoir la supporter.

Le bruit d'un moteur se rapprocha, une voiture passa en klaxonnant à côté d'eux avant de disparaître au loin.

Quand ils s'écartèrent l'un de l'autre, le souffle court,

Nadia appuya son front contre l'épaule de Ryder en sentant son cœur battre aussi vite que le sien.

— On va déjeuner ? demanda-t-il d'une voix rauque.

— Bonne idée.

Quand, après l'avoir raccompagnée chez elle ce soir-là, Ryder la prit dans ses bras et lui appuya les reins contre le capot de sa voiture, Nadia sentit de nouveau ses résolutions fondre et poussa une plainte.

Mais soudain, elle se sentit épuisée. La journée avait été si dense…

— Ryder, murmura-t-elle en posant doucement la main sur sa poitrine.

Il lui fallut rassembler tout son courage pour poursuivre.

— J'ai réfléchi : j'ai besoin de me reposer et de prendre un peu de recul avant l'audition.

Ryder resta immobile et silencieux un long moment. Puis il la lâcha et se détourna pour s'appuyer contre l'avant du véhicule, le regard perdu dans la nuit.

— C'est comme pour les footballeurs, reprit Nadia. Pas de sexe avant les grands matchs. J'aurai besoin de toutes mes forces, de toute mon énergie — tu le comprends, n'est-ce pas ?

Après l'audition, puis le mariage de Sam, leurs chemins se sépareraient. Ils le savaient tous les deux. Par conséquent, sa décision de ne plus voir Ryder avait un avant-goût d'adieu.

— Oui, je comprends, dit-il en se passant la main dans les cheveux.

Puis il se tourna vers elle, contourna l'avant de sa voiture d'un pas décontracté et ouvrit sa portière, la laissant en proie à un vertigineux sentiment d'abandon.

Pourtant, elle avait raison d'agir ainsi. Il était vital qu'elle se concentre totalement sur l'audition.

Elle traversa la rue et se dirigea vers la porte du petit

immeuble. Mais quand elle glissa la clé dans la serrure, la voix de Ryder arrêta son geste.

— Nadia…

Lentement, elle se retourna et vit qu'il l'observait, la main posée sur le rebord de la vitre ouverte.

— Merde…

Il y avait eu une telle intensité dans sa voix que Nadia tressaillit. Au fond de lui-même, il n'avait peut-être pas envie de lui souhaiter bonne chance…

Tout en se forçant à sourire, elle hocha la tête et se détourna avant de pousser la porte puis de gravir à la hâte l'étroit escalier.

Dès qu'elle eut donné deux tours de clé, Nadia laissa tomber son sac sur une chaise et se dirigea droit vers sa chambre. Là, elle s'avança vers le tiroir dans lequel elle rangeait son carnet de notes.

Durant plusieurs heures, elle resta concentrée sur ses croquis, se repassant mentalement la chorégraphie qu'elle avait mise au point, sans oublier aucun détail. En dépit de sa fatigue, elle avait l'esprit clair, libéré des conflits intérieurs, des doutes et interrogations absurdes qui l'avaient assaillie pendant des mois.

Cette fois, elle était prête. A danser et à réussir. Pour elle-même et rien que pour elle-même.

Nadia descendit du train à la gare de Richmond et s'avança sur le quai en remontant le col de sa veste pour se protéger de la pluie tiède. Quelques minutes plus tard, elle tourna dans sa rue et longea les petits restaurants proposant des spécialités du monde entier.

Soudain, elle se surprit à fredonner *Singin'in the Rain* et se mit à danser sur le bord du trottoir, tout en revoyant l'audition qui venait d'avoir lieu.

Elle ne s'attarda pas sur la chorégraphie qu'elle avait présentée : tout s'était déroulé comme dans un rêve et sans la moindre anicroche. C'était la conversation qui s'était ensuivie qui la sidérait encore. Non seulement les producteurs s'étaient montrés adorables et avaient été sincèrement éblouis par sa performance, mais ils s'étaient extasiés devant la transformation qui s'était opérée en elle.

Une nouvelle émotion s'ajoutait à la perfection de sa technique, avaient-ils dit : une véritable intensité, à l'état brut. A laquelle se mêlait une vulnérabilité d'une qualité rare, qui renforçait l'audace de ses figures. Une productrice avait déclaré avoir eu plusieurs fois la chair de poule. Le décideur le plus important de l'équipe avait conclu en disant que désormais, personne ne pourrait arrêter Nadia.

Dans ces conditions, qu'est-ce que ça pouvait lui faire que son ex ait eu du mal à la regarder en face ?

A sa grande stupéfaction, Nadia n'avait pratiquement rien ressenti lorsqu'elle l'avait vu. Un peu d'embarras, c'est tout. Peut-être parce que avec le recul, son regard avait changé.

Serait-elle capable de travailler avec lui ? Oui. Et lui, pourrait-il travailler avec elle ? On verrait bien. Et s'il s'en montrait incapable, ce serait son problème !

Parce qu'elle allait être engagée, il n'y avait aucun doute !

Soudain, Nadia ressentit un désir irrésistible de partager sa joie avec quelqu'un. Mais il n'y avait qu'une seule personne susceptible de comprendre le mélange de fierté, de soulagement, de crainte et d'excitation qu'il lui avait fallu pour danser comme elle l'entendait…

— Salut, Ginger Rogers ! fit une voix grave et profonde.

Nadia s'arrêta net, un pied en l'air, puis se raccrocha au réverbère pour ne pas perdre l'équilibre.

Appuyé nonchalamment contre sa voiture en une pose qu'elle connaissait par cœur : Ryder. Devant chez elle. Alors qu'elle allait l'appeler…

— Plutôt Gene Kelly, répliqua-t-elle en fourrant son mobile dans la poche de sa veste.

Cela faisait si longtemps qu'elle ne l'avait pas vu ! La dernière fois, c'était le jour de la leçon de conduite.

S'écartant de sa voiture, il s'avança vers elle. Grand, ténébreux…

— Quoi de neuf ? demanda Nadia d'une voix mal assurée.

— C'est à toi qu'il faut poser cette question : comment s'est passée l'audition ?

Il se rappelait la date, l'heure. Jamais personne ne s'était soucié d'elle à ce point.

Les mains de Ryder se refermaient déjà sur sa taille et la serraient contre lui, fort. Nadia lâcha le réverbère et noua les doigts sur sa nuque en savourant sa chaleur, sa force.

Il la repoussa doucement.

— Alors ? demanda-t-il, les yeux brillants.

— Fabuleux ! J'aurais voulu que cela ne se termine jamais. Et ça leur a plu ! Et moi aussi, je leur ai plu ! Voilà… C'est tout…

— Et ton ex ? demanda-t-il en lui repoussant une mèche derrière l'oreille.

— Toujours aussi tarte.

Le rire jaillit de la gorge de Ryder, riche, profond, merveilleux.

— Quand je pense que je redoutais qu'il tombe à genoux devant toi en te demandant pardon…

Il avait redouté cela…, songea Nadia avec un frisson. Elle glissa les mains sur ses avant-bras musclés.

— Il pourrait me supplier jour et nuit que je ne voudrais pas de lui, Ryder.

— Parfait.

Une lueur indéchiffrable traversa ses yeux noisette.

— Parfait pour toi, précisa-t-il. Et comment va ton énergie, maintenant que le grand match est terminé ?

Nadia lui offrit ses lèvres en souriant. Et lorsque leurs bouches s'effleurèrent, se redécouvrant avec un mélange de tendresse et de retenue, elle sentit une émotion inconnue s'emparer d'elle, si puissante qu'elle se mit à trembler. Au même instant, Ryder posa la main sur sa nuque et approfondit son baiser tandis qu'elle lui ouvrait ses lèvres et accueillait les caresses de sa langue en gémissant.

Les yeux fermés, elle glissa les mains sous la veste de Ryder et sentit ses muscles tressaillir sous ses paumes, comme pour célébrer leurs retrouvailles.

Une plainte rauque s'échappa des lèvres de Ryder, qui écarta sa bouche de la sienne et la souleva dans ses bras. D'instinct, Nadia enroula ses jambes autour de sa taille.

— Tes clés ? demanda-t-il.

— Dans la poche arrière de mon jean.

La main de Ryder prit tout son temps pour prendre les clés.

Dès qu'il eut refermé la porte sur eux, Nadia se libéra et commença à se déshabiller, arrachant littéralement les vêtements de son corps.

Ryder la souleva de nouveau pour la déposer une marche plus haut puis, leurs visages se touchant presque, il referma les mains sur sa taille nue et baissa les yeux sur ses seins.

Sans cesser de les regarder, il pencha la tête et prit un mamelon dressé dans sa bouche. Nadia ferma les yeux en laissant échapper un halètement. Le plaisir était délicieux, divin, et la pénombre régnant dans la cage d'escalier ne faisait que renforcer son excitation.

Quand Ryder la poussa doucement et déboutonna la ceinture de son jean, elle s'appuya sur les coudes pour l'aider à le faire glisser sur ses hanches. Sa culotte et ses ballerines glissèrent à leur tour et Nadia se retrouva nue, offerte, alors que Ryder était encore tout habillé.

Sans lui laisser le temps de réagir, il s'agenouilla devant elle, lui écarta les cuisses et la prit dans sa bouche. Sa langue fouillait son intimité, ses lèvres fermes tourmentaient sa chair, son souffle la caressait, rendant Nadia folle de désir, de plaisir. Des spirales incandescentes naissaient sous la bouche experte de Ryder, montant de plus en plus haut. Et soudain, Nadia s'embrasa complètement tandis que le monde explosait autour d'elle et partout en elle, en un feu d'artifice multicolore.

Ivre de volupté, elle entendit Ryder prononcer son

prénom. Sa voix coula sur sa peau comme un murmure de soie et quand elle rouvrit les yeux, il la regardait.

— Nadia, répéta-t-il.

Elle referma les yeux et le serra contre elle, avide de se fondre dans ses baisers et sa chaleur virile. Réalisant qu'il s'était débarrassé de son pantalon et de son caleçon, Nadia referma les jambes autour de ses hanches et l'attira en elle. Au plus profond. Et cette fois, ce fut elle qui cria son prénom, encore et encore, en s'envolant avec Ryder au paradis.

Quand ils redescendirent sur terre, Nadia souleva ses paupières et regarda la peinture écaillée des murs. Si son ex ne recourrait à aucune stratégie perverse pour y faire obstacle, elle serait engagée, c'était évident. Et elle partirait pour Las Vegas. Bientôt. Le premier contrat serait de six mois, ensuite, si tout allait bien, il serait reconduit pour deux ans.

Fugacement, elle se demanda ce qu'il se passerait si, elle n'était pas sélectionnée. Que deviendrait sa relation avec Ryder s'ils avaient la possibilité de la développer ?

La question disparut aussi vite qu'elle avait surgi. Après le mariage de Sam, ils ne se reverraient plus, de toute façon. Car Ryder avait été très clair dès le départ : il ne voulait pas prendre le risque de suivre la voie de son père. Et même si Sam avait dit qu'il veillait farouchement sur tout ce qui comptait pour lui, et en dépit de la force de l'attirance qui vibrait entre eux, du désir fou qu'ils partageaient, de l'éclat possessif qui emplissait les yeux de Ryder quand il la regardait, il ne lui avait jamais rien demandé.

Pas parce que Nadia lui était indifférente, mais parce qu'elle ne comptait pas assez pour lui.

Aussi s'était-elle contentée de ce qu'il pouvait lui offrir. Mais durant les dernières semaines, quelque chose avait basculé en elle à son insu.

Lorsque, quelques minutes plus tard, Ryder se redressa et la prit dans ses bras avant de gravir les marches, que Nadia sentit son cœur battre à l'unisson du sien, elle réalisa que bientôt, elle partirait et ne le verrait plus jamais.

Une douleur sourde lui traversa la poitrine et monta dans sa gorge, lui coupant le souffle.

A cet instant, elle n'eut plus qu'un souhait : partir, le plus vite possible.

9.

Le mardi soir, Ryder gravit les marches de bois usé en revoyant Nadia danser sur le bord du trottoir sous la pluie. Cette vision lui revenait sans cesse, ainsi que le souvenir de l'émotion qui l'avait saisi en la voyant apparaître.

Il poussa la porte du studio avant de s'arrêter net sur le seuil. Pour la première fois, Mlle Nadia n'était pas seule…

Apparemment très concentrée, Sam acheva de s'étirer à la barre avant de se tourner vers lui.

— Salut, grand frère ! lança-t-elle en souriant.

— Bonsoir, Ryder, enchaîna Nadia sans cesser de manipuler la chaîne stéréo.

Sans même lui adresser un regard.

Ryder laissa tomber son sac à côté de la méridienne et s'avança vers elle.

— Pourquoi Sam est-elle là ?

Cette fois, Nadia daigna enfin se tourner vers lui.

— Pour répéter. Le jour du mariage, c'est avec elle que tu danseras, pas avec moi. Alors, nous avons pensé qu'il était grand temps que vous répétiez ensemble.

En fait de nous, Ryder pressentit que cette décision venait surtout de Nadia…

A cet instant, Sam se dirigea vers eux en souriant. Avec ses jambières rose indien, son justaucorps vert et son collant pailleté, elle semblait sortir tout droit d'une vidéo de cours d'aérobic des années soixante-dix…

Nadia frappa dans ses mains.

— Echauffe-toi !

Après tout, c'était logique qu'il répète avec sa sœur, songea Ryder en se ressaisissant. Et après ce cours commun, il aurait mérité son petit voyage au paradis — en compagnie de Nadia.

Cependant, après une série éreintante de levé-tendu-plié au cours de laquelle Sam protesta à plusieurs reprises, il comprit que quelque chose ne tournait pas rond…

— Tu danses vraiment depuis l'âge de trois ans ? demanda sa sœur à Nadia.

— Oui !

— Alors, je suis trop vieille pour espérer devenir danseuse professionnelle !

Nadia éclata de rire et lui dit de faire attention à sa posture.

— Je me demande comment tu fais…, murmura Sam.

— Question d'entraînement !

Après un court silence, elle ajouta :

— Ma mère était danseuse. Et au lieu de comprendre qu'elle vivait un enfer, j'ai chopé le virus — à vie !

Ainsi, elle n'avait jamais parlé de cet aspect de son passé avec Sam, réalisa Ryder. Et pourtant, elle s'était confiée à lui…

Par conséquent, il ne s'était pas trompé : un événement était survenu depuis l'épisode torride de l'escalier… Un événement qui avait poussé Nadia à faire venir Sam, pour se protéger.

A cet instant, elle se plaça derrière sa sœur et lui prit les hanches pour la faire pivoter face à la fenêtre. Puis, tout en lui disant de regarder son reflet, elle lui tira les épaules en arrière.

— Tu vas me manquer, Sam. Parce que même si je ne suis pas engagée cette fois-ci, je trouverai autre chose et je partirai.

— Pourquoi ? demanda Sam d'une voix triste.

Nadia appuya son menton sur l'épaule de son élève.

— Parce que même si ces quelques mois à Melbourne

ont été fantastiques et m'ont fait un bien fou, il est temps que je retourne à ma vraie vie.

Lorsque Sam répliqua quelque chose, Ryder n'y prêta pas attention. Il avait l'impression que le parquet s'était ouvert sous ses pieds.

Nadia allait vraiment partir. Et elle commençait à faire ses adieux.

Nadia avait téléphoné à Claudia pour lui annoncer son départ, dans l'espoir stupide de provoquer une émotion quelconque… Peine perdue, bien sûr, et Nadia avait raccroché avec un sentiment amer, comme d'habitude.

Mais elle s'était vite ressaisie : elle n'avait pas besoin de la reconnaissance de sa mère pour danser, Ryder avait raison. Toutefois, elle n'arrivait pas à renoncer à l'espoir de l'obtenir un jour, manifestement…

Aussitôt après, elle avait appelé Sam et lui avait demandé de venir, sans lui dire qu'en fait, elle avait besoin d'un bouclier.

Assise sur une chaise, elle les regarda danser tous les deux, enveloppés par la voix suave de Norah Jones. Ils riaient, Sam essayant de donner des consignes à son frère qui les repoussait avec véhémence. C'était lui qui dirigeait, répéta-t-il pour la troisième fois.

Lorsqu'il tourna de nouveau son regard vers Nadia, elle sentit une boule se former dans sa gorge. Chaque fois qu'il la regardait, elle devait ajouter une pierre au mur qu'elle dressait autour de son cœur.

La chanson se termina. Ryder prit sa sœur dans ses bras et l'embrassa sur le dessus de la tête avec une telle tendresse que Nadia frémit. Puis il se tourna vers elle et lui sourit. Une sensation aiguë jaillit alors dans sa poitrine et lui transperça le cœur, si violente, si insoutenable que Nadia dut rassembler toutes ses forces pour ne pas s'effondrer.

Au prix d'un effort surhumain, elle se leva, étonnée de pouvoir continuer à respirer.

— C'est fini ! lança-t-elle à ses deux élèves avec un sourire forcé.

— Mais il reste encore dix minutes ! protesta Sam.

— Je crois que Mlle Nadia estime que nous sommes prêts, Sam.

— Exactement ! dit-elle en passant un bras autour des épaules de son amie. Vous avez bien travaillé.

Tout en soupirant, Sam rassembla ses affaires avant d'embrasser Nadia sur la joue. Ben devait être arrivé et l'attend dans sa voiture, dit-elle en s'avançant vers la porte.

Dès que celle-ci se fut refermée sur la jeune femme, Ryder s'approcha de Nadia, les sourcils froncés.

— Tu peux me dire ce qu'il se passe ?

— Tu l'as dit toi-même : vous êtes prêts, c'est tout, répliqua-t-elle en évitant son regard. Maintenant, je vous laisse vous débrouiller tout seuls.

— Ce n'est pas de cela que je parlais, tu le sais très bien. Tu as des nouvelles ?

— Des nouvelles ?

— Oui, de l'audition.

Nadia se détourna et se dirigea vers la chaîne stéréo pour l'éteindre. Il la suivit, bien sûr, et elle sentit bientôt une main chaude se poser sur sa taille. Les sensations qui l'envahirent furent alors si intenses, la lumière qui l'éblouit si vive, que Nadia battit des paupières pour ne pas être aveuglée. Et pour ne pas s'abandonner à cette force virile, cette chaleur merveilleuse.

Après s'être dégagée doucement, elle se retourna et recula d'un pas.

— Non, pas encore.

Le regard brûlant de Ryder descendit sur sa bouche, mettant le self-control de Nadia à rude épreuve.

— Je me posais la question…, dit-il. Vu la façon dont tu t'es comportée depuis mon arrivée…

Il plissa le front avant d'ajouter :

— Et à part ça, tout va bien ?

Nadia secoua la tête. Hocha la tête. Ouvrit la bouche pour lui parler de la conversation avec sa mère, puis se ravisa. Ryder la comprenait mieux que quiconque, mais cela ne le concernait pas. Cela ne pouvait pas l'intéresser.

— Oui, comme sur des roulettes ! lança-t-elle en haussant un sourcil moqueur.

Évidemment, il ne la crut pas…

— Prouve-le, alors, et viens.

En dépit du chaos épouvantable qui régnait en elle, Nadia réussit à sourire et s'ordonna d'avancer vers Ryder. Mais au dernier moment, elle posa la main sur son torse pour empêcher tout contact entre leurs deux cœurs.

— Tu viens de démontrer que tu savais conduire, Ryder, dit-elle en le regardant dans les yeux. Mais n'oublie pas que dans ce studio, c'est moi qui commande.

— Si ça peut t'aider à dormir de le penser…

Il s'avança, forçant Nadia à reculer.

Le dos plaqué au mur, acculée, le cœur battant la chamade, elle vit Ryder fixer de nouveau sa bouche.

Il lui offrait une nuit. Merveilleux, fabuleux, torride. Une nuit de délices et de réconfort… Leur dernière nuit…

Les lèvres de Ryder se rapprochèrent des siennes, lentement, inexorablement. Nadia ferma les yeux.

Ryder poussa un soupir et se massa la nuque. Depuis combien d'heures était-il assis devant son écran d'ordinateur ?

Mais ce n'était pas le projet en cours qui l'avait retenu dans le bureau situé au dernier étage d'un gratte-ciel étincelant de verre et d'acier. Il s'y était réfugié dans l'espoir de chasser Nadia de ses pensées.

Il se leva et s'étira lorsque son mobile vibra dans sa poche.

— Sam ! Tu ne pouvais pas mieux tomber : j'avais justement besoin de faire une pause !

— Nous sommes mariés !

— Tu veux bien répéter ?

— Nous nous sommes enfuis ! Ça y est : je suis officiellement Mme Ben Johnson !

— Tu plaisantes ?

Court silence.

— Non, Ryder. J'ai tout raconté à Ben : papa, ses autres épouses que maman, et je lui ai parlé de mes crises de panique. Il a été formidable, Ryder. Merveilleux ! Et là, je t'appelle de Las Vegas. C'est fantastique, tu…

— C'est Nadia qui t'a donné cette idée ?

Cette fois, long silence.

— Comment ça ? demanda enfin Sam d'une voix tendue.

— Elle est de là-bas : ne me dis pas que tu ne le savais pas !

— Pas du tout, Nadia est australienne !

— D'accord, mais elle y a vécu et elle va y retourner.

— Oh…, murmura sa sœur. Elle a été sélectionnée, alors ?

— Sam, ce n'est pas la question ! riposta Ryder, agacé. Qu'est-ce qui vous a pris à tous les deux, bon sang ?

— Tout échappait de plus en plus à notre contrôle, Ryder. Au départ, notre mariage devait être une petite cérémonie, simple et intime. Et puis il y a eu cette… dispute avec papa tandis que du côté de Ben, l'une de ses grand-tantes a fait une scène à cause d'une histoire de gâteau, d'un parfum de crème qu'elle ne pouvait pas supporter ! A la fin, nous avons réalisé que ce dont nous avions vraiment envie, c'était juste de nous dire en nous regardant dans les yeux : *oui, c'est toi que j'aime et c'est avec toi que je veux passer toute ma vie*.

Ryder ferma les paupières et se frotta l'arête du nez. Que répondre à cela ?

— Et vous n'aviez pas d'autre choix que Las Vegas ?

— C'était plus rapide là-bas, répondit sa sœur d'une voix excitée. Tu paies soixante dollars pour le certificat et la cérémonie qui dure cinq minutes, et le tour est joué ! Tu aurais vu la file d'attente, au palais de justice ! Imagine :

des couples en grande tenue, avec toute la panoplie qui va avec, limousines blanches, robes pas possibles… Des types avaient même des perruques à la Elvis ! Certains couples arrivaient avec leurs valises, tout droit de l'aéroport !

A vrai dire, cette description carnavalesque n'apportait pas grand réconfort à Ryder…

— Je regrette seulement…

Il s'interrompit. Que regrettait-il, au juste ? De ne pas pouvoir revenir en arrière, au temps où Sam était le seul être qui comptait pour lui, et où lui-même représentait tout pour elle ?

— Je regrette de ne pas avoir été là.

— Je sais.

Sa voix avait tremblé, puis il entendit un petit reniflement.

— Mais quand nous avons dansé ensemble mardi, toi et moi, au studio, reprit Sam, c'était fabuleux, parfait. C'était notre danse, Ryder. Ce soir-là, au studio, avec Nadia, tu m'as confiée à Ben…

Ryder repensa à la conversation qu'ils avaient eue dans sa voiture, lorsque Sam avait dit qu'elle lui rendait sa liberté. En fait, c'était lui qui devait la laisser partir.

— Oui, acquiesça-t-il. Je t'ai confiée à lui.

Dans le léger silence qui s'ensuivit, Ryder vit Sam sourire.

— Tu sembles heureuse, petite sœur.

— Oui, grand frère, je suis très très heureuse !

— Je t'aime, Sam.

— Pas autant que moi.

L'instant d'après, le sourire de Sam avait disparu et Ryder se retrouvait seul dans son immense bureau.

Il s'avança vers la baie vitrée et contempla le paysage urbain miroitant de lumières colorées, aperçut les édifices prestigieux qu'il avait contribué à créer. Mais il ne ressentit rien : ni fierté, ni satisfaction, ni le moindre soulagement de savoir que pour la première fois depuis des années, il n'avait plus à se soucier que de lui-même.

Et s'il ne ressentait aucune joie, aucune libération, c'était parce que la seule décision qui importait ne lui appartenait pas. Elle reposait entre les mains d'un groupe de producteurs et de danseurs partis à l'autre bout du monde. Et il ne pouvait rien y faire.

10.

Lorsque Nadia quitta le studio le mardi soir suivant, il faisait encore jour, pour la première fois depuis deux mois.

Et Ryder ne l'attendait pas, la hanche appuyée contre le capot de sa belle voiture noire, les bras croisés. Les cours étaient terminés, la fuite romantique de Sam et Ben y ayant mis un terme définitif.

Elle remonta le col de sa veste, enfonça les mains dans ses poches et s'avança d'un pas déterminé sur le gravier. Mais au lieu de la quitter, la tension qu'elle ressentait dans tous ses muscles ne fit au contraire que s'accentuer. Toujours pas de réponse… S'ils tardaient encore, Nadia craignait de devenir folle.

Quand elle tourna au coin de sa rue, un taxi la dépassa avant de ralentir puis de s'arrêter un peu plus loin pour laisser descendre son client. Sans réfléchir, Nadia courut vers le véhicule et demanda au chauffeur s'il pouvait la conduire à Brighton.

L'instant d'après, elle était installée sur la banquette à l'arrière, le souffle court. Le trajet fut effectué en un éclair et Nadia se retrouva bientôt devant la porte de la stupéfiante maison de Ryder donnant sur la plage.

Les mains moites, le cœur lui martelant la poitrine, elle leva le bras, hésita, prit une inspiration profonde et appuya sur la sonnette. Puis, le pouls lui battant les tempes, elle attendit en s'efforçant de ne penser à rien.

— Nadia? dit Ryder d'un air surpris en apparaissant soudain devant elle.

Nadia ne put s'empêcher de le dévorer des yeux. Ses épais cheveux noirs ébouriffés, ses joues non rasées, sa chemise blanche dont un pan tombait sur son jean, les manches roulées sur ses avant-bras à la peau dorée… Ryder était si beau, si vivant qu'elle eut l'impression que son cœur allait jaillir de sa poitrine.

Elle entrouvrit les lèvres, mais aucun son n'en sortit. Que dire ? La vérité ? Que durant ces quelques jours, elle avait vécu dans le brouillard ? Que ses pas l'avaient conduite jusqu'à lui malgré elle ? Ou encore qu'elle tombait vraiment amoureuse pour la première fois de sa vie et qu'elle était terrifiée à la perspective de passer le reste de son existence à souffrir du manque de Ryder…

Toutes ses relations amoureuses avaient eu une fin, se répéta Nadia. Aucun homme n'avait jamais souhaité faire partie de sa vie pour de bon.

Ryder la regardait en silence, puissant, tranquille. Une crainte atroce envahit Nadia : qu'il la repousse et lui referme la porte au nez…

Quand elle recula d'un pas, il la saisit par la taille et la serra contre lui, puis glissa les mains dans ses cheveux. L'instant d'après, ses lèvres se refermaient sur les siennes et Nadia se retrouva à l'intérieur de sa maison tandis qu'il refermait la porte derrière elle, d'un coup de pied.

Les yeux rivés aux siens, Ryder l'appuya contre le mur. Ensuite, leurs vêtements churent l'un après l'autre sur le sol et tous deux se retrouvèrent bientôt peau contre peau, souffles mêlés, la chaleur de Ryder s'infiltrant en Nadia alors qu'une lumière radieuse envahissait son esprit, son corps et l'univers tout entier.

Et quand il la pénétra, elle se sentit entraînée dans un tourbillon brûlant qui la transporta dans un lieu où tout était sensations, éblouissement, ivresse…

Ryder prit le téléphone et le serra dans sa main en regardant fixement le petit écran.

— Ryder ? murmura la voix endormie de Nadia à côté de lui. C'est mon portable qui a sonné ?

Il fallut quelques instants à Ryder pour se décider à lui tendre l'appareil.

— Oui, mais je l'ai trouvé trop tard.

Nadia se redressa et s'appuya contre son oreiller en maintenant le drap sur son buste, puis remonta ses genoux contre elle. Les cheveux tombant en cascade brune autour de son beau visage encore ensommeillé et sur ses épaules rondes à la peau claire, elle fit glisser son pouce sur l'écran et étouffa un bâillement avant de découvrir le nom qui avait glacé Ryder.

Tout à fait réveillée, à présent, elle se tourna vers lui, les yeux écarquillés.

— J'attendais une réponse par mail… Ils avaient dit…

Elle repoussa une mèche de cheveux de sa joue.

— Excuse-moi, je dois rappeler…

— Vas-y, je t'en prie.

Ryder leva les bras et les croisa derrière sa nuque en contemplant le plafond, comme si ce qui se passait l'indifférait complètement. Alors qu'en réalité, il avait la poitrine et le ventre si noués qu'il devait se forcer à respirer.

Après s'être détournée, Nadia posa les pieds sur le tapis et colla le portable à son oreille.

— Désolée de ne pas t'avoir répondu, Bob : je dormais… Non, non, tu ne me déranges pas !

Ryder ferma les yeux en écoutant la série de *hum… hum…* Pour la première fois depuis ses treize ans, il se surprit à prier… Et quand il réalisa l'objet de sa prière, il souleva brusquement les paupières.

Son sang se figea dans ses veines. Les cheveux répandus sur son dos nu, Nadia avait posé le téléphone sur sa cuisse.

— Quand ? demanda-t-il.

Elle se retourna en soulevant une jambe qu'elle replia

sur le lit avant de baisser les yeux sur son portable. Mais Ryder avait eu le temps d'apercevoir son regard torturé.

— Samedi. Bob m'envoie les détails par e-mail.

Ryder réussit à hocher la tête, à ne pas la prendre dans ses bras, à ne pas faire ou dire des choses insensées dans l'espoir de la convaincre de rester.

Car il y serait peut-être parvenu. Il n'avait qu'à regarder la façon dont elle gardait la tête baissée, le léger tremblement qui agitait ses doigts fins refermés sur le téléphone.

Mais combien de temps aurait-il réussi à la retenir ? Jusqu'à la prochaine opportunité qui se serait présentée à elle ? Jusqu'à ce que le désir s'estompe de lui-même ? Jusqu'à ce que la désillusion le saisisse et qu'il réalise qu'il s'était lassé d'elle ?

En outre, il savait à quel point Nadia désirait ce job et tout ce qui était en jeu pour elle. Cet engagement lui ferait du bien, à tous les niveaux. Notamment parce que en quittant Melbourne et l'Australie, elle échapperait à l'influence néfaste de sa mère.

Et pourtant, Ryder avait désiré qu'elle échoue, juste pour la garder. Il n'était qu'un sale égoïste, au fond.

— Tu as l'air un peu chamboulée, mademoiselle Nadia.

— Tu l'as dit ! répondit-elle sans lever les yeux.

— Je m'attendais à te voir sauter au plafond, dit-il en se forçant à sourire.

Elle redressa la tête, les yeux immenses, les lèvres pincées, l'air… perdu.

— Et si je ne suis pas prête ? Si je me fais des illusions sur mes capacités ? Ou si ce n'est pas ce que je désire vraiment ? Si ma détermination à réussir m'a empêchée de voir ce qui me crevait les yeux ?

Nadia. Ma douce… Ma merveilleuse Nadia…

— Tu oublies que je t'ai vue virevolter dans les airs, dit-il en lui caressant la joue. Je n'ai jamais rencontré quelqu'un d'aussi déterminé que toi, Nadia. Tu es faite pour ce job.

— Tu le penses vraiment ?

— J'en suis certain.

— Ryder…

Ses yeux brillèrent, d'une émotion que Ryder comprenait plus qu'il ne voulait l'admettre. Mais ce qui avait germé entre eux avait beau être réel, intense et beau, il ne pouvait promettre que cela durerait. Et il ne prendrait pas le risque de faire du mal à Nadia.

— Absolument certain, insista-t-il.

Un long soupir s'échappa des lèvres pulpeuses de Nadia tandis qu'une lueur de soulagement éclairait son regard. Puis elle se laissa aller contre lui.

Un chaos épouvantable envahit Ryder, fait d'émotions si intenses, si contradictoires qu'une douleur atroce lui étreignit la poitrine.

Mais Nadia avait besoin de dormir. Et d'être fière d'elle. Après l'avoir allongée sur le lit, il s'étendit à côté d'elle et la prit dans ses bras.

Jusqu'à l'aube, il resta immobile en la tenant serrée contre lui — et en se demandant s'il avait bien fait ce qu'il fallait.

Lorsque Nadia se réveilla, le lendemain matin, Ryder avait disparu. A sa place, le drap était froid et sur son oreiller, il avait laissé un mot, et une pomme.

« Pour la route. » avait-il écrit sur le papier blanc.

Elle le regarda, la vision brouillée par les larmes qu'elle avait retenues jusqu'au moment de s'endormir.

Car elle aimait Ryder. Corps et âme. Elle l'avait compris avec certitude lorsque Bob lui avait annoncé qu'elle était engagée. Au lieu de l'explosion de joie qu'elle avait attendue, Nadia avait senti une tristesse infinie lui déchirer le cœur.

Cependant, même si elle avait lu dans les yeux de Ryder qu'il ressentait… — pas de l'amour, non, mais au moins le désir de la garder —, il l'avait félicitée et encouragée. Ensuite, il l'avait serrée dans ses bras avec une telle douceur, une telle tendresse, qu'elle avait dormi comme une enfant.

Nadia caressa le drap en humant l'odeur virile qui y

était restée imprégnée… Puis soudain, elle s'essuya les joues d'un geste énergique avant de sauter au bas du lit.

Dix minutes plus tard, douchée et habillée, elle se retrouva sur le seuil de la fabuleuse maison où elle ne mettrait plus jamais les pieds.

La main posée sur la poignée de la porte, Nadia songea à ce à quoi elle renonçait.

« A l'amour », dit-elle à voix haute.

Les mots s'envolèrent dans la brise légère, mais restèrent gravés dans son esprit. L'amour, pour la première fois de sa vie.

Mais bon sang, c'était *Sky High* qu'elle convoitait, depuis des mois ! C'était pour réussir cette fichue audition qu'elle avait travaillé comme une folle, parfois au risque de se rompre le cou ou de se déchirer un tendon !

Et son cœur ?

Nadia fit claquer la porte et se détourna avant de s'avancer sur l'allée privée, sans un regard en arrière. Son cœur s'était brisé mille fois, mais il s'était toujours raccommodé.

Du moment qu'elle dansait, elle survivrait à la séparation et avec le temps, elle finirait par oublier Ryder Fitzgerald.

11.

Ryder contempla la belle vieille bâtisse perchée au bord de la falaise, érodée par les vents et maintenue en équilibre par de savants échafaudages.

Tout autour de la maison, divers matériaux attendaient d'être utilisés. Ryder vit des vitres aux losanges colorés, des poutres anciennes, des monceaux de briques rouges empilées sous des bâches…

Un frémissement lui parcourut les mains au souvenir de l'été où il avait travaillé sur des chantiers de ce genre. Puis il pensa au sourire heureux de sa mère quand elle achevait l'une de ses incroyables sculptures.

— Ryder ! s'exclama une voix familière.

Se retournant, il vit Tom Campbell s'avancer vers lui.

En dépit des cheveux poivre et sel et des rides plus marquées, son vieil ami n'avait pas changé et le même enthousiasme pétillait dans ses yeux bleu clair. En fait, il paraissait même plus costaud qu'autrefois ! réalisa Ryder.

— Tu as l'air en forme, dit-il en lui serrant la main. C'est l'air marin ? Le travail ? Ou le Botox…

— Non : l'amour d'une femme merveilleuse.

Ryder tressaillit et regretta sa question.

— Montre-moi à quoi tu travailles en ce moment, Tom !

Au fur et à mesure qu'il découvrait les superbes moulures, les merveilleuses cheminées d'origine jurant avec d'affreux papiers peints des années soixante-dix, Ryder comprit qu'il avait trouvé la thérapie dont il avait besoin, après les jours épouvantables qu'il venait de vivre.

Cela faisait une éternité qu'il ne s'était pas senti aussi… en harmonie avec ses plus profonds désirs. A sa place.

Aucun des immeubles époustouflants qu'il avait vus sortir de terre ne lui avait procuré le plaisir qu'il ressentait à faire renaître cette belle maison de ses cendres.

Parce que c'était pour ça qu'il avait entrepris des études d'architecture. Pour le plaisir de restituer leur beauté à des bâtisses anciennes négligées au fil des ans.

Ryder revit le jour où son père était venu avec son ami et, en quelques paroles lapidaires, avait anéanti ses projets. Brusquement, il réalisa qu'il s'était leurré sur ses propres motivations. Fitz n'avait fait que donner une nouvelle preuve de sa malfaisance naturelle. La décision immédiate de renoncer à la carrière qu'il s'était choisie n'avait appartenu qu'à Ryder. Si son père avait détourné le cours de son existence, c'était parce que Ryder l'avait laissé faire.

L'ironie de la chose le frappa de plein fouet. Il venait de répéter la même erreur, réalisa-t-il. Comme ce jour-là, il avait laissé le vieux salaud influer sur sa vie. Et cette fois, celui-ci n'avait même pas eu besoin d'apparaître en chair et en os.

Se sentant soudain oppressé, Ryder s'excusa auprès de Tom et sortit prendre l'air. Au moment où il franchissait le seuil, il vit un avion traverser le ciel. Où allait-il ? Sans doute à Sydney, ou Brisbane. Il y avait en fait peu de chances qu'il se dirige vers Las Vegas.

Immobile, Ryder regarda les traces blanches se dissoudre peu à peu dans l'azur avant de s'effacer complètement. Nadia était partie, se répéta-t-il. Vraiment partie. Il l'avait perdue, et elle lui manquait tant… Il essaya de se redire qu'il avait eu raison d'agir ainsi. Que rien ne durait éternellement. Ni les sentiments ni les maisons construites au bord des falaises rongées par les vents marins. Pas même les gratte-ciel faits des matériaux les plus résistants.

Mais il savait maintenant qu'il avait perdu Nadia parce qu'il l'avait laissée partir.

Et de son côté, Nadia n'avait pas protesté ; elle avait été trahie et abandonnée tant de fois que c'était la seule attitude qu'elle connaissait.

Ryder ferma les yeux et serra les paupières. Il y avait forcément une solution. Différente. La vraie. La sienne.

Il repensa à Sam : sa petite sœur avait réussi à se marier à sa façon. A cause de Ben. Parce que l'amour qu'ils partageaient comptait plus pour elle que les trahisons de leur père.

Et soudain, Ryder comprit. Il aimait Nadia. Il l'aimait avec une intensité, une profondeur infinies, et il ne pouvait pas concevoir de vivre sans elle.

Elle était sa femme, son égale, sa conscience, son avocate. Sa partenaire, pour la vie.

Depuis la mort de sa mère, puis la naissance de Sam et la prise de conscience qui en avait résulté, Ryder avait craint d'avoir hérité des gènes de son père et d'être incapable d'aimer. Alors qu'en réalité, il n'avait pas su comment aimer, jusqu'au jour où il avait rencontré Nadia.

Elle avait empli sa vie, l'avait réconcilié avec lui-même. L'amour qu'il ressentait pour elle éclairait sa nuit. Il brillait et brillerait toujours en lui.

Ryder rentra dans la maison et alla saluer Tom en lui promettant de revenir le voir bientôt, puis il se dirigea vers sa voiture en courant.

Une minute plus tard, il démarrait en faisant crisser les pneus sur l'allée, et en priant pour qu'il ne soit pas trop tard.

Durant tout le trajet, Nadia garda le front appuyé contre la vitre du taxi, regardant défiler les terrains vagues parsemés de broussailles et de touffes d'amarante desséchées, les immenses centres commerciaux, les petites chapelles où l'on célébrait les mariages, les pharmacies et les casinos, encore plus gigantesques que dans son souvenir...

Elle retournait à son ancienne vie, elle allait retrouver ses amis, se créer de nouveaux souvenirs qui peu à peu estomperaient ceux de son année passée à Melbourne.

Et surtout, elle s'immergerait si profondément dans la danse qu'elle vaincrait la douleur qui lui labourait la poitrine. Elle oublierait la voix grave et douce qui résonnait dans son esprit, le torse chaud et puissant contre lequel elle s'était abandonnée tant de fois, le corps viril enlacé au sien, nu, brûlant, le bras possessif resserré autour de sa taille...

— Nous sommes arrivés, mademoiselle.

Nadia se redressa brusquement sur la banquette et regarda le chauffeur qui lui souriait, une main posée sur le volant.

Après avoir réglé le montant de la course, elle quitta le véhicule à la hâte.

Traînant sa petite valise à roulettes derrière elle, Nadia leva les yeux pour contempler la façade multicolore de l'hôtel. Elle y resterait jusqu'à ce qu'elle trouve un appartement, sans doute en colocation avec d'autres danseurs. Répétitions toute la journée. Fête une bonne partie de la nuit. Et quand les représentations commenceraient, le rythme serait de deux par jour, six jours par semaine, durant des mois d'affilée.

Son rêve devenait réalité.

La large porte vitrée coulissa tandis que le bruit des machines à sous se déversait dans le hall depuis l'immense mezzanine. La moquette bariolée faisait presque mal aux yeux... Quant aux murs, leur décoration n'était pas plus sobre !

Nadia se dirigea vers la réception et attendit son tour en se forçant à contrôler sa respiration. Une vision de Sam et de Ben l'assaillit, de leurs amis sympathiques et chaleureux, d'un homme somptueux aux merveilleux yeux noisette...

La voix de sa mère jaillit alors de nulle part : « Redresse-toi, avance, concentre-toi… » *Et ne fais pas la même erreur que moi*, ajouta Nadia en son for intérieur. *Ne laisse pas un type détruire ta carrière et ton avenir.*

Eh bien, elle avait retenu la leçon, puisque l'homme qu'elle aimait se trouvait à treize mille kilomètres de Las Vegas et qu'une carrière fabuleuse s'ouvrait à elle.

— Bienvenue au King's Court Hotel and Casino !

Nadia tressaillit et regarda la jeune femme vêtue d'un costume de bouffon rouge et bleu, des grelots argentés tintinnabulant au bout des pointes de son chapeau ridicule.

— Vous avez votre réservation ?

Nadia sortit la feuille de papier de son sac d'une main tremblante.

— Ah, fantastique : vous êtes avec l'équipe de *Sky High* ! J'aurais tellement aimé devenir danseuse, soupira la réceptionniste. Vous avez de la chance : vous vivez l'existence que vous avez choisie !

Lorsque le sourire de la jeune femme se fit hésitant, Nadia réalisa qu'elle crispait les doigts sur la feuille de papier au lieu de la lui remettre.

Ses paroles tournoyaient dans sa tête : « Vous avez de la chance : vous vivez la vie que vous avez choisie ! »

En effet, elle avait la chance de pouvoir faire ce qu'elle voulait de sa vie. Elle l'avait toujours eue et elle n'avait pas commis la même erreur que sa mère.

Celle-ci était tombée enceinte d'un homme qu'elle n'aimait pas. Si elle l'avait aimé, elle serait restée, elle aurait lutté. Les Kent étaient des battantes. Claudia s'était trouvée face à un choix, et elle avait choisi de sacrifier sa carrière qui se trouvait alors au sommet. Pour garder son enfant.

Nadia réalisa qu'elle avait fait demi-tour en entendant la réceptionniste l'appeler. Mais elle ne s'arrêta pas, traversa le hall et franchit la porte vitrée.

Sa situation n'était pas la même que celle de sa mère. Elle aimait Ryder et désirait partager sa vie.

143

Un an plus tôt, travailler pour l'audition de *Sky High* lui avait sauvé la vie, lui avait permis de retomber sur ses pieds et de prendre un nouveau départ. Mais depuis, elle avait beaucoup avancé, mûri. Elle avait grandi.

Repérant un taxi libre, elle se précipita vers la voiture jaune avant de reconnaître le chauffeur : celui qui l'avait amenée de l'aéroport.

Il haussa les sourcils d'un air surpris.

— Vous avez oublié quelque chose, mademoiselle ?

Nadia secoua la tête.

— Non, j'ai compris quelque chose. A l'aéroport, s'il vous plaît.

— Pas de problème, répliqua l'homme en mettant le contact. Mais quitter Las Vegas au bout de dix minutes : j'avoue que je n'avais encore jamais vu ça !

Ryder s'appuya au capot de sa voiture et regarda la longue bâtisse qui semblait se prélasser tranquillement sous les rayons du soleil matinal. Vu son état de délabrement avancé, elle ne tiendrait pas longtemps, songea-t-il en levant les yeux vers la rangée de fenêtres cintrées qui réfléchissaient la lumière comme des miroirs.

Un juron étouffé lui échappa. Après avoir appelé Sam quelques jours plus tôt, il avait délégué son travail à ses assistants stupéfaits et quitté son cabinet. Ensuite, il avait pris le premier avion pour Las Vegas, déterminé à explorer les milliers d'hôtels de la ville s'il le fallait, jusqu'à ce qu'il retrouve Nadia.

Sam, toujours en lune de miel là-bas, était venue l'attendre à l'aéroport et l'avait regardé comme s'il avait perdu la tête. Et hélas, elle avait raison.

Après une rapide recherche sur internet, sa sœur avait trouvé l'adresse du casino où devait se produire *Sky High* plus tard. Ryder les avait appelés : aucune Nadia Kent n'était descendue chez eux. Ignorant le nom de sa grand-mère qu'elle s'était choisi comme nom d'artiste, Ryder avait réussi à contacter les producteurs de *Sky High*, pour apprendre que Nadia avait disparu dès son arrivée, sans laisser d'adresse.

Aussi était-il rentré à Melbourne, avant de se retrouver devant l'immeuble hébergeant la Amelia Brandt Dance Academy.

Depuis, il y venait presque tous les jours. Pour rien.

Lorsqu'un gros nuage blanc passa devant le soleil, Ryder aperçut une silhouette mince, de longs cheveux bruns noués en queue-de-cheval. Il rêvait, évidemment, il devait désirer la voir avec une telle force qu'il avait fini par l'inventer...

Mais cela ne l'empêcha pas de se précipiter à l'intérieur du bâtiment et de gravir l'escalier branlant quatre à quatre.

Quand il poussa la porte du studio, de la musique jaillit des haut-parleurs et il resta pétrifié sur le seuil.

C'était bien elle. En train de bavarder en riant avec une grande femme élancée en justaucorps noir, tandis qu'un troupeau de petites filles en tutus roses s'agitaient dans tous les sens.

Nadia. Ryder était certain de ne pas avoir prononcé son prénom à voix haute, mais soudain, les mains gracieuses s'immobilisèrent, puis elle se retourna.

C'est bien toi, songea-t-il, aveuglé par une lumière plus éblouissante qu'un rayon de soleil. *Toi, la seule à me faire battre le cœur...*

Quand elle s'avança vers lui, il ressentit la même émotion que la première fois et fut fasciné par sa beauté.

— Ryder ! J'allais justement me rendre chez toi ! dit-elle en souriant. J'ai un cadeau pour toi.

Elle se tourna vers la méridienne recouverte de velours rose, sur laquelle, à côté de son grand sac en patchwork, Ryder aperçut un filet rempli de pommes.

Un rire surpris et heureux franchit ses lèvres et quand il regarda de nouveau Nadia, il y avait quelque chose de si sexy dans son sourire qu'il dut faire un effort surhumain pour ne pas courir vers elle et la soulever dans ses bras.

Ils n'étaient pas seuls… Et il n'aurait pas voulu traumatiser ces petites ballerines en herbe…

Lentement, il s'avança vers elle et lui tendit la main. Quand elle la prit, Ryder lui caressa le creux de la paume sous son pouce tandis qu'elle poussait un long soupir et fermait un instant les yeux.

— Tu es revenue…

Elle hocha la tête.

— Pour de bon, cette fois-ci ?

— Ça dépend…

— De quoi ?

— Eh bien, je ne sais pas encore si Amelia va me réembaucher et pour l'instant, je n'ai plus d'appartement.

Une sensation étrange traversa Ryder, comme s'il se trouvait en suspens au bord d'un gouffre et qu'il lui appartenait de rester en équilibre ou de s'y engloutir.

— J'ai peut-être quelque chose à te proposer, dit-il.

— Ah bon ?

— J'ai toujours une brosse à dents en réserve, et mes T-shirts te vont mieux qu'à moi.

Incapable de résister plus longtemps, il l'enlaça et la serra sur son cœur. Puis, jetant un coup d'œil par-dessus l'épaule de Nadia, il constata que la jeune femme en justaucorps noir — Amelia Brandt ? — les regardait avec un sourire en coin. Puis elle détourna les yeux et entreprit de mettre les petits tutus roses en ligne.

Sans plus attendre, Ryder prit la main de Nadia et l'entraîna vers la porte, saisissant au passage son grand sac et le filet de pommes.

Il la laissa descendre devant lui, puis, dès qu'ils se retrouvèrent dehors, il la conduisit vers sa voiture, déposa sac et filet sur le capot et la reprit dans ses bras avant de l'embrasser avec fièvre, comme si sa vie en dépendait.

Bon sang, c'était le cas ! Et à la façon dont elle lui

répondait en s'accrochant à lui, Nadia ressentait la même chose…

Quand leurs lèvres se séparèrent, Ryder appuya son front contre le sien.

— J'aimerais essayer, dit-il d'une voix rauque.

— Essayer quoi ?

— De t'adorer.

Elle fondit contre lui. Ryder aurait pu rester ainsi durant des heures, à lui caresser doucement le dos, les reins, à glisser les doigts sous la ceinture de sa jupe, frémissant au contact de sa peau chaude et lisse.

— Cela fait un moment que je me dis que c'est une honte qu'une femme comme toi ne l'ait jamais été. Alors je voudrais avoir la chance d'être celui qui t'adorera. Chaque jour. Des centaines de fois par jour. A chaque minute, chaque seconde…

Quand il la repoussa doucement, elle garda les yeux baissés, les paupières closes. Et quand il lui prit le menton pour la forcer à le regarder, Ryder vit des larmes rouler sur ses joues.

Lentement, il se pencha et les essuya du bout des lèvres.

— Ryder…

— Oui, Nadia…

— Je t'aime.

Ryder ne put retenir un grand sourire. Bon sang, il aurait dû commencer par là !

— Je sais, mon amour. Mais je voudrais être certain que tu es vraiment de retour. J'ai bien compris à quel point ce job comptait pour toi…

Elle posa un doigt sur ses lèvres pour l'interrompre, puis appuya sa paume sur son cœur.

— A l'hôtel, à Las Vegas, je suis allée jusqu'à la réception, et je n'ai pas pu me faire enregistrer. J'ai compris que ce n'était pas ce que je désirais au fond de moi. Et revenir a été la décision la plus facile à prendre de toute ma vie, Ryder. La plus évidente. Je voulais te retrouver, pour te dire…

— Moi aussi, je t'aime, Nadia.

Ce fut au tour de Nadia de sourire, d'un sourire rayonnant qui illumina ses yeux sombres et tout son beau visage.

Le baiser qu'ils échangèrent fut lent, profond, plein d'amour et de tendresse partagés. Et lorsque Ryder redressa la tête, il se tourna vers la vieille bâtisse qui semblait leur servir de témoin.

— Ce bâtiment qui tombe en ruine nous aime bien, dit-il en resserrant les bras autour de la taille de Nadia. Il veut nous garder, tous les deux, ensemble. Mais à une condition.

— Laquelle ? demanda-t-elle d'un air malicieux.

— Tu ne me donneras plus de cours de danse. Jamais !

— D'accord ! répliqua Nadia en riant.

Elle appuya ses hanches contre les siennes.

— On peut quand même… onduler un peu ensemble, non ? Tu es très doué pour ça…

— Sûr…, approuva Ryder d'une voix rauque. Justement, je pensais que nous pourrions acheter une bricole à manger au pub du coin : ils louent des chambres, à l'étage…

— Ça, c'est une idée fantastique ! répondit-elle en lui prenant le bras. On y va tout de suite ? Je meurs de faim et je suis prête à te dévorer tout cru…

Epilogue

Après avoir contourné les plaques de plâtre empilées sur des bâches et les immenses plastiques protégeant les échafaudages, Nadia s'avança vers l'escalier de la vieille bâtisse qu'elle appelait maintenant « la maison ».

Depuis le palier du premier étage, elle aperçut Amelia par la porte ouverte du studio improvisé, avec un groupe d'adolescents qui lui donnait apparemment du fil à retordre… Elle pourrait y rester, avait promis Ryder, jusqu'à ce que le nouveau studio de Brighton, auquel travaillait son équipe d'architectes, soit terminé.

Parvenue au rez-de-chaussée, Nadia resserra l'écharpe autour de son cou et enfonça son bonnet sur les oreilles, prête à affronter le froid, puis franchit la large porte laquée d'un superbe rouge coquelicot.

Une fois arrivée au bout de l'impasse, elle fit demi-tour et repartit en sens inverse en contemplant avec bonheur la vue qui s'offrait à ses yeux. Chaque fois, elle ressentait la même émotion en voyant le nouvel aspect qu'avait pris le bâtiment. Une véritable chaleur s'en dégageait, en dépit de la température hivernale. Elle regarda la rangée de pommiers, la haie impeccable de buis, la façade restaurée du rez-de-chaussée, les fenêtres du premier étage récemment percées, en parfaite harmonie avec l'architecture d'origine…

Les mains dans les poches, elle s'avança en levant les yeux vers les plus belles, celles du second étage. C'était derrière l'une d'elles que Nadia s'installait dans son fauteuil préféré, pour faire ses croquis. Deux fenêtres plus loin, ils avaient installé leur grand lit dès le premier jour où ils avaient pris légalement possession de leur maison. Et depuis, il était resté là.

Nadia contempla enfin celle qu'avait choisie Ryder, la mieux exposée, celle par laquelle passait la lumière idéale pour éclairer la table à dessin héritée de sa mère. Désormais, il y travaillait le matin, lorsque Nadia dormait encore.

Dans quelques mois, le rez-de-chaussée accueillerait la nouvelle société de Ryder qui était retourné à sa vraie vocation : RF Renovations. Quant au premier étage, il serait réservé exclusivement à Nadia. Pour son studio.

L'étage du haut embellissait de jour en jour, avec son parquet restauré, ses sublimes poutres, ses hautes fenêtres cintrées, ses nouveaux ventilateurs et ses lustres incroyables, le tout récupéré par Ryder dans d'anciens ateliers. Il mettait toute sa passion, toute son énergie et son talent de créateur pour transformer ce lieu en un vrai paradis… Leur paradis.

Après être revenue à Melbourne, Nadia avait décidé de faire la paix avec sa mère. Parce que, en dépit de tous ses défauts, celle-ci comptait pour elle et compterait toujours. Elle était allée la voir et le lui avait dit, lui laissant le choix d'en faire ce qu'elle voudrait. Et, contre toute attente, sa mère avait fait quelques tentatives de rapprochement… Lentes, prudentes, certes, mais bon, Claudia Kent demeurait… Claudia Kent !

— On se promène, beauté ?

Nadia se retourna et vit Ryder s'avancer vers elle, avec dans une main un plateau chargé de gobelets fumants, et dans l'autre, l'habituel sachet de *bagels*.

— Bonjour, mon amour !

Un grand sourire éclaira les traits de Ryder.

— Tu vas travailler ? demanda-t-il en se penchant pour l'embrasser.

— Oui, mais j'ai failli être en retard… Tu n'étais pas censé me réveiller ?

— Tu dormais si profondément. J'adore te regarder dormir.

Nadia glissa un doigt sous un passant de la ceinture du jean de Ryder puis l'attira vers elle tandis qu'il écartait les bras.

— Ce n'est pas en dormant que je vais convaincre ma patronne…

— Elle t'adore, trésor. Les acrobates fous et téméraires que tu fais travailler t'adorent. Les ouvriers t'adorent. Je t'adore. Maintenant, un dernier baiser et file — sinon, tu vas vraiment être en retard !

Il l'embrassa avec tendresse et la repoussa doucement avant de lui tendre un gobelet brûlant et un *bagel* tout chaud.

— Merci, mon chéri. Cette fois, j'y vais… Encore un tout petit baiser… ?

Ryder s'exécuta aussitôt avant de regarder Nadia d'un air espiègle.

— Et s'ils ont besoin d'apprendre à onduler des hanches…

— … je t'appelle ! acheva-t-elle en riant.

collection *Azur*

Ne manquez pas, dès le 1er février

UNE EXQUISE PROVOCATION, *Melanie Milburne* • N°3555

Depuis le jour où elle a été recueillie, adolescente, par la mère de James Challender, Aiesha a passé sa vie à provoquer ce dernier. Elle sait exactement comment faire entrer cet homme, si maître de lui en toute circonstance, dans une colère folle, et ne s'en prive pas... car c'est son seul mécanisme de défense contre le trouble étrange qu'il éveille en elle. Mais quand sa dernière provocation – inventer qu'ils ont une aventure –, les oblige à cohabiter pendant trois semaines dans un château isolé de la campagne écossaise, Aiesha sent l'angoisse l'envahir. Si James ne cache pas le mépris qu'il lui inspire, elle lit aussi dans son regard un désir fou. S'il se décide à céder à cette brûlante passion, saura-t-elle lui résister ?

UN RISQUE INSENSÉ, *Carol Marinelli* • N°3556

Coup de foudre au bureau

Comment a-t-elle pu prétendre qu'elle était experte en transactions immobilières, alors que sa seule expérience se limite à la vente de la ferme familiale ? Sur le moment, Alina pensait seulement enjoliver la vérité dans l'espoir d'obtenir, enfin, un poste d'assistante. Depuis que sa famille a tout perdu et qu'elle a dû abandonner sa passion pour la peinture, n'a-t-elle pas toutes les peines du monde à trouver un emploi stable ? Mais maintenant, face aux exigences de l'impérieux – et bien trop séduisant – Demyan Zukov, elle sent l'angoisse l'envahir. Si cet homme impitoyable découvre qu'elle a menti, elle n'ose même pas imaginer ce qu'il adviendra d'elle - et de son avenir...

A LA MERCI D'UN HOMME D'AFFAIRES, *Lynn Raye Harris* • N°3557

Enfant Secret

Jamais Holly n'a oublié la nuit magique qu'elle a passée un an plus tôt dans les bras de Drago Di Navarra... ni la cruauté avec laquelle il l'a rejetée au matin, brisant non seulement son cœur mais aussi tous ses rêves d'avenir : n'était-elle pas venue à New York pour lui présenter le parfum qu'elle avait créé et dont elle était si fière ? Aussi, lorsque le hasard remet cet homme odieux sur sa route, et qu'il lui propose une importante somme d'argent pour devenir l'égérie de sa marque, le premier réflexe d'Holly est de refuser. Mais comment le pourrait-elle alors qu'elle doit absolument gagner sa vie ? Pas seulement pour elle, mais pour Nicky, son fils de trois mois, au regard aussi brun que celui de Drago...

UN REFUGE EN IRLANDE, *Cathy Williams* • N°3558

Des parents adoptifs aimants, une carrière fulgurante et les plus belles femmes de Londres dans son lit… Leo Spencer sait qu'il a une vie de rêve. Pourtant, une douloureuse question le hante : pourquoi sa mère biologique l'a-t-elle abandonné à la naissance ? C'est pour y répondre qu'il a entrepris, incognito, le voyage jusqu'au village isolé de la campagne irlandaise où elle vit. Ce qu'il n'avait pas prévu, c'est qu'une tempête de neige le forcerait à trouver refuge pour quelques jours dans le pub du village. Un pub dont la gérante, la belle et distante Brianna, éveille immédiatement en lui un désir fou. Pourquoi ne pas profiter de ce séjour sous une fausse identité pour s'offrir une aventure avec cette femme, si différente de ses maîtresses habituelles ?

UN DÉLICIEUX INTERDIT, *Maggie Cox* • N°3559

Aider des célébrités ou de richissimes milliardaires dans leurs tâches quotidiennes, c'est le travail de Kit. Un travail qu'elle aime et s'enorgueillit de faire avec passion et compétence. Mais le jour où elle est envoyée par l'agence qui l'emploie chez Henry Treverne, un célèbre homme d'affaires victime d'un accident de ski, Kit sent une angoisse inconnue l'envahir. Jamais elle n'a ressenti un tel trouble face à un homme. Un trouble auquel il lui est interdit de céder. Non seulement Henry est un client, mais c'est aussi un séducteur invétéré et un play-boy notoire. Exactement le genre d'homme sous le charme duquel elle a juré de ne jamais tomber…

L'INCONNU D'UNE NUIT D'ÉTÉ, *Christy McKellen* • N°3560

Josie est terrorisée. Qui est cet homme à la stature athlétique qui s'est introduit en pleine nuit dans la maison qu'Abigail, son associée, lui prête pour les vacances ? Son soulagement est de courte durée quand l'inconnu lui révèle son nom : Connor Preston – le frère d'Abigail. Car celui-ci ne semble pas prêt à renoncer à son séjour sous prétexte qu'elle occupe déjà la maison ! Et comment l'obliger à partir, alors qu'il est chez lui ? Elle qui avait tant besoin de calme pour travailler et faire le point sur sa vie, la voilà contrainte de cohabiter avec cet homme qui éveille en elle un trouble brûlant…

UNE ÉPOUSE REBELLE, *Susanna Carr* • N°3561

Le cœur en miettes mais plus résolue que jamais, Tina se tient devant la porte de la somptueuse demeure qui fut, pendant quelques mois, la sienne. Avant qu'elle ne comprenne que ce qu'elle avait pris pour de l'amour n'était que du désir, et que son mariage avec Dev n'était qu'un poids pour ce dernier. Brisée, Tina a d'abord pris la fuite. Mais aujourd'hui, après quatre longs mois de silence, elle est là pour rendre sa liberté à son époux et, surtout, reprendre la sienne ainsi que le cours de sa vie. Aussi, qu'elle n'est pas sa surprise – et sa colère – quand Dev, plus beau et plus inflexible que jamais, lui annonce d'une voix glaciale qu'il refuse de divorcer.

UN SI SÉDUISANT DÉFI, *Jennifer Hayward* • N°3562

- *Trois héritiers à aimer* - 2ème partie

Organiser l'événement mondain de la décennie en moins de trois semaines? Alex sait qu'elle en est capable. Personne mieux qu'elle ne saura faire du lancement du dernier cru du vignoble De Campo la fête la plus inoubliable qui soit. N'est-ce pas l'occasion qu'elle attendait de prouver au monde — et surtout à elle-même — qu'elle a définitivement tracé un trait sur sa fougueuse jeunesse pour devenir une jeune femme efficace et raisonnable ? Sauf que les émotions qu'éveille en elle Gabe De Campo, le tout puissant directeur des vins De Campo, n'ont rien de raisonnable...

L'HÉRITIÈRE DU DÉSERT, *Sharon Kendrick* • N°3563

- *Les secrets du désert* - 2ème partie

Une armée de serviteurs, des bijoux plus somptueux les uns que les autres, et... une absence totale de liberté : voilà le quotidien de Leila, la sœur unique du sultan de Quhrah. Aussi, quand elle apprend que Gabe Steel, un célèbre homme d'affaires britannique, a été invité par son frère à passer quelques jours dans le sultanat, elle décide, sur une folle impulsion, d'échapper à ses gardes du corps et de s'introduire dans sa chambre d'hôtel pour lui montrer son travail de photographe. Peut-être parviendra-t-elle à le convaincre de l'engager dans son agence de publicité ? Mais à peine Gabe Steel lui ouvre-t-il la porte, qu'elle sent un trouble inconnu l'envahir. Seule dans la chambre de cet homme au charisme fou, est-elle sur le point de commettre une folie ?

UN PLAN SI PARFAIT, *Tara Pammi* • N°3564

Depuis la mort de leurs parents, Nikos Demakis prend soin de sa jeune sœur, et il est hors de question qu'il la laisse gâcher sa vie avec un aventurier uniquement attiré par son héritage ! Alors, pour briser ces désastreuses fiançailles – et prouver par la même occasion à son grand-père qu'il est capable de gérer les affaires familiales –, Nikos a un plan : convaincre Lexi Nelson, la jeune femme qui partageait quelques mois plus tôt la vie de ce coureur de dot, de revenir dans la vie de ce dernier. Mais à peine pose-t-il les yeux sur Lexi qu'il sent un désir fou l'envahir. S'il parvient à la convaincre de lui venir en aide, supportera-t-il d'observer l'idylle entre la jeune femme et le fiancé de sa sœur renaître sous ses yeux ?

Attention, numérotation des livres différente
pour le Canada : numéros 1978 à 1985.

www.harlequin.fr

Best-Sellers n°627 • suspense
Mystère en eaux profondes - Heather Graham

Un luxueux cargo englouti depuis plus d'un siècle au fond du lac Michigan. A son bord, un somptueux trésor : le sarcophage sacré d'un grand prêtre égyptien...
Les malédictions, l'agent Kate Sokolov n'y croit pas. Alors, quand on la charge d'enquêter sur une série de meurtres ayant tous un lien avec l'épave du Jerry McGuen — un galion échoué dans les eaux glaciales du lac Michigan — et qui seraient, selon la rumeur, l'œuvre d'un fantôme, elle se fait la promesse de mettre un terme aux agissements du tueur au plus vite. Elle qui possède le don si particulier de communiquer avec les morts, est en effet bien placée pour savoir que ces assassinats n'ont en aucun cas été commis par un revenant. Un avis partagé par Will Chan, un expert du FBI qu'on lui a assigné comme partenaire sur cette affaire et qui trouble Kate au plus haut point. Car, en plus de faire preuve à son égard d'une horripilante arrogance, il lui révèle bientôt avoir le même don qu'elle...

Best-Sellers n°628 • suspense
La marque écarlate - Virna DePaul

L'embaumeur. Carrie s'est fait la promesse d'arrêter ce psychopathe qui, depuis deux ans, embaume le corps de jeunes femmes encore vivantes et envoie des photos de son œuvre à la police, comme s'il s'agissait de trophées. Si elle veut avant tout empêcher le meurtrier de frapper de nouveau, pour Carrie, l'enjeu est aussi personnel. C'est son premier cas de tueur en série, et l'occasion qu'elle attendait de faire ses preuves dans l'univers si masculin de la brigade spéciale d'investigation de San Francisco. Même si cela signifie aussi, hélas, qu'elle va devoir travailler avec l'agent Jase Tyler. Un homme qu'elle a toutes les raisons de détester — n'a-t-il pas émis des doutes sur sa capacité à diriger l'enquête ? — mais dont la seule présence éveille en elle un désir profond, brut et incontrôlable...

Best-Sellers n°629 • suspense
Au cœur de la vengeance - B. J. Daniels

Ginny, la petite sœur qu'il adorait, gisant morte dans un fossé...
Depuis onze ans, Rylan West est hanté par cette image terrible, insoutenable. Et, depuis onze ans, il n'a qu'une obsession : tuer Carson Grant, l'homme qui — il en est persuadé — est l'assassin de sa sœur. Aujourd'hui, enfin, il tient sa vengeance. Car Carson vient de refaire surface à Beartooth, le petit village ancré au cœur du Montana où ils ont grandi...
Mais c'est alors que Destry Grant, la jeune fille fougueuse et terriblement attachante dont il était fou amoureux avant le drame, lui apprend, bouleversée, qu'une nouvelle preuve vient d'être découverte. Il faut la croire, répète-t-elle, quand elle affirme que son frère est innocent. Et, si Rylan accepte son aide, elle est prête à reprendre l'enquête avec lui pour découvrir qui est vraiment le meurtrier de Ginny...

Best-Sellers n°630 • érotique
Le secret - Megan Hart

Les regards lourds de désir d'un inconnu dans un bar, les caresses fiévreuses échangées à la hâte, le plaisir vite pris, et vite oublié… Jusqu'où Elle Kavanagh est-elle prête à se perdre ?

Pour fuir son passé et son terrible secret, Elle Kavanagh s'est jetée à corps perdu dans des aventures sans lendemain, multipliant les rencontres furtives et dénuées de sentiments avec des inconnus qu'elle ne revoit jamais. Mais l'irruption de Dan Stewart dans sa vie va tout changer. Pour la première fois, un homme qui lui plaît pourtant de manière insensée refuse le corps qu'elle lui offre. Et lui annonce qu'il ne couchera avec elle que si elle accepte de le revoir. Même si ce n'est que pour du sexe…

Best-Sellers n°631 • historique
Conquise par un gentleman - Kasey Michaels

Londres, 1816

Depuis qu'elle a appris la mort de son fiancé à Waterloo, Lydia pensait qu'elle ne pourrait plus jamais aimer. Son grand amour était tombé au champ d'honneur, et tous ses espoirs avec lui. Recluse dans la demeure familiale d'Ashurst Hall, elle mène depuis ce drame une existence paisible, égayée par le prévenant Tanner, le meilleur ami de son défunt fiancé, qui a juré de veiller sur elle. Mais contre toute attente — et surtout contre toute morale — elle sent monter un trouble de plus en plus fort pour ce confident si attentif, et si séduisant. Se pourrait-il qu'elle nourrisse des sentiments à l'égard d'un homme qui était comme un frère pour son fiancé ? N'est-ce pas une trahison envers la mémoire de ce dernier ? Et Tanner, est-ce seulement par devoir qu'il lui accorde tous ces moments d'intimité, qui les rapprochent au fil des jours ? Elle doit absolument réprimer ses émotions, Lydia le sait : même si son désir était partagé, rien ne pourrait arriver entre eux. Car Tanner est fiancé à une autre...

Best-Sellers n°632 • thriller
L'automne meurtrier - Andrea Ellison

Par une sombre soirée d'octobre, le lieutenant Taylor Jackson est appelée sur plusieurs scènes de crime dans un quartier chic de Nashville. Sur place, elle découvre les corps sans vie de sept adolescents, marqués de symboles occultes. Une vision d'horreur qui obsède Taylor, partagée entre colère et angoisse à l'idée que le tueur puisse frapper de nouveau. Elle doit agir vite, très vite. Mais aussi avec prudence, car le meurtrier est manifestement aussi incontrôlable qu'imprévisible. Or, Taylor a beau se concentrer de toutes ses forces sur le peu d'indices dont elle dispose – les dessins mystiques laissés sur les corps des victimes –, l'enquête piétine.

Déterminée, elle plonge alors dans les ténèbres de cette affaire macabre. Au risque de voir son équilibre menacé, malgré le soutien que lui apporte Jack Baldwin, le brillant profiler du FBI avec qui elle est fiancée. Car c'est le prix à payer pour comprendre comment un être machiavélique, animé d'une rage débridée, en arrive à commettre de telles atrocités. Et, pour trouver le tueur, elle devra d'abord s'en approcher…

OFFRE DE BIENVENUE

2 romans Azur gratuits et 2 cadeaux surprise !

Vous êtes fan de la collection Azur ? Pour prolonger le plaisir, recevez gratuitement **2 romans Azur et 2 cadeaux surprise !**

Une fois votre colis de bienvenue reçu, si vous souhaitez continuer à recevoir nos romans Azur, cela se fera automatiquement. Vous recevrez alors chaque mois 6 romans inédits de cette collection au tarif unitaire de 4,25€ (Frais de port France : 1,75€ - Frais de port Belgique : 3,75€).

▶ **Vous n'avez aucune obligation d'achat et cette offre est sans engagement de durée !**

Les bonnes raisons de s'abonner :

◆ Aucun engagement de durée ni de minimum d'achat.

◆ Vos romans en avant-première.

◆ La livraison à domicile.

Et aussi des avantages exclusifs :

◆ Des cadeaux tout au long de l'année qui récompensent votre fidélité.

◆ Des réductions sur vos romans par le biais de nombreuses promotions.

◆ Des romans exclusivement réédités pour nos abonné(e)s notamment des sagas à succès.

◆ L'abonnement systématique à notre magazine d'actu ROMANCE (2 dans l'année).

◆ Des points cadeaux pouvant être échangés contre des livres ou des cadeaux.

Rejoignez-nous vite en complétant et en nous renvoyant le bulletin !

ZZ5F09
ZZ5FB1

N° d'abonnée (si vous en avez un) ⊔⊔⊔⊔⊔⊔⊔⊔⊔⊔

Mme ☐ Mlle ☐ Nom : .... Prénom : ....

Adresse : ....

CP : ⊔⊔⊔⊔⊔ Ville : ....

Pays : .... Téléphone : ⊔⊔⊔⊔⊔⊔⊔⊔⊔⊔

E-mail : ....

Date de naissance : ....

☐ Oui, je souhaite être tenue informée par e-mail de l'actualité des éditions Harlequin.

☐ Oui, je souhaite bénéficier par e-mail des offres promotionnelles des partenaires des éditions Harlequin.

Renvoyez cette page à : Service Lectrices Harlequin – BP 20008 – 59718 Lille Cedex 9 - France

OFFRE DÉCOUVERTE !
2 ROMANS GRATUITS et 2 CADEAUX surprise !

Vous souhaitez découvrir nos collections ? Recevez **2 romans gratuits et 2 cadeaux surprise !**

Une fois votre colis de bienvenue reçu, si vous souhaitez continuer à recevoir nos romans, cela se fera automatiquement. Vous recevrez alors chaque mois vos romans inédits en avant première.

Vous n'avez aucune obligation d'achat et cette offre est sans engagement de durée !

☞ **COCHEZ la collection choisie et renvoyez cette page au**
Service Lectrices Harlequin – BP 20008 – 59718 Lille Cedex 9 – France

Collections	Références	Prix colis France* / Belgique*
❑ AZUR	ZZ5F56/ZZ5FB2	6 romans par mois 27,25€ / 29,25€
❑ BLANCHE	BZ5F53/BZ5FB2	3 volumes doubles par mois 22,84€ / 24,84€
❑ LES HISTORIQUES	HZ5F52/HZ5FB2	2 romans par mois 16,25€ / 18,25€
❑ BEST SELLERS	EZ5F54/EZ5FB2	4 romans tous les deux mois 31,59€ / 33,59€
❑ BEST SUSPENSE	XZ5F53/XZ5FB2	3 romans tous les deux mois 24,45€ / 26,45€
❑ MAXI**	CZ5F54/CZ5FB2	4 volumes triples tous les deux mois 30,49€ / 32,49€
❑ PASSIONS	RZ5F53/RZ5FB2	3 volumes doubles par mois 24,04€ / 26,04€
❑ NOCTURNE	TZ5F52/TZ5FB2	2 romans tous les deux mois 16,25€ / 18,25€
❑ BLACK ROSE	IZ5F53/IZ5FB2	3 volumes doubles par mois 24,15€ / 26,15€

*Frais d'envoi inclus
**L'abonnement Maxi est composé de 2 volumes Edition spéciale et de 2 voulmes thématiques

N° d'abonnée Harlequin (si vous en avez un) ⎵⎵⎵⎵⎵⎵⎵

Mme ❑ Mlle ❑   Nom : _____

Prénom : _____   Adresse : _____

_____

Code Postal : ⎵⎵⎵⎵⎵   Ville : _____

Pays : _____   Tél. : ⎵⎵⎵⎵⎵⎵⎵⎵⎵⎵

E-mail : _____

Date de naissance : _____

❑ Oui, je souhaite recevoir par e-mail les offres promotionnelles des éditions Harlequin.
❑ Oui, je souhaite recevoir par e-mail les offres promotionnelles des partenaires des éditions Harlequin.

Date limite : 31 décembre 2015. Vous recevrez votre colis environ 20 jours après réception de ce bon. Offre soumise à acceptation et réservée aux personnes majeures, résidant en France métropolitaine et Belgique, dans la limite des stocks disponibles. Prix susceptibles de modification en cours d'année.Conformément à la loi Informatique et libertés du 6 janvier 1978, vous disposez d'un droit d'accès et de rectification aux données personnelles vous concernant. Par notre intermédiaire, vous pouvez être amenée à recevoir des propositions d'autres entreprises. Si vous ne le souhaitez pas, il vous suffit de nous écrire en nous indiquant vos nom, prénom et adresse à : Service Lectrices Harlequin BP 20008 59718 LILLE Cedex 9. Service Lectrices disponible du lundi au vendredi de 8h à 17h : 01 45 82 47 47 ou 33 1 45 82 47 47 pour la Belgique.

Composé et édité par HARLEQUIN

Achevé d'imprimer en décembre 2014

Barcelone

Dépôt légal : janvier 2015

Pour l'éditeur, le principe est d'utiliser des papiers
composés de fibres naturelles, renouvelables, recyclables,
et fabriquées à partir de bois issus de forêts qui adoptent
un système d'aménagement durable. En outre, l'éditeur attend
de ses fournisseurs de papier qu'ils s'inscrivent dans
une démarche de certification environnementale reconnue.

Imprimé en Espagne